U0898866

The Life Unlikely Contented

并没有如愿以偿的人生

The Life Unlikely Contented

杨时旸……………………著

CONTENT

C O N T E N T

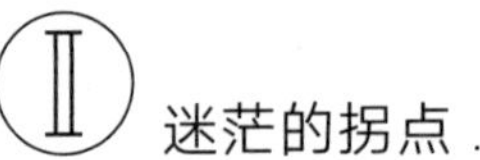

迷茫的拐点 …….. 97

人成长或者说衰老的过程，就是一个可能性不断减少的过程。你总需要在年轻的时候，在可能性接近于无限的时候，去尝试尚未经历过的一些东西。

C O N T E N T

焦虑的病理 167

每一代人在青春期时都会显示出所谓叛逆的迹象，那是荷尔蒙和好奇心混杂的结果，是时代前进的动力，当一切退潮，每个人又都会像上一代人一样变得庸常。

C O N T E N T

偶像的侧面 219

我们身边的人，更多的时候总是沉浸于一种表态文化之中,强迫别人表述自己对于一个人到底是热爱还是厌恶，似乎对于一个人的态度必须是这样两极分化、爱憎分明的。很多人真的不清楚一个人是多么复杂的生物，哪能用爱憎去分割呢?

生活不是你以为的样子

我习惯了隐藏自己，在很长的一段时间里。

这是个众声喧哗的时代，我一直觉得，在这样的背景下，沉默，是一种美德。每当我想表达点什么，我都会回头望望自己读过的几架书，我对自己说，如果无法超越那些，不增添噪音几乎是行善般的贡献。但是，自说自话的人越来越多，声音缭绕而烦躁。他们出于不同的目的，发出各种声响。我听到太多人不负责任的表态，目的明确或者毫无意识的言不由衷。他们都有一种凝重的面容，如同阐述真理，但是我知道，他们说的都不是真的。

我决定做些改变，说些什么，至少，我愿意也敢于与人们坦诚相待。或许，我说的那些话并不温暖，或许，一些真相有些残酷，但我不想对你们有所保留。因为我知道，说出这些才更加有用。

我个人化的写作其实是从影评开始的，我烦透了那些言之无物的抒情和溜须拍马的吹捧，我决定写一点干燥而锋利的东西。那些日后被人们定义为“毒舌”的文字，赢得了喜爱，也备受争议。但无论如何，我从一开始就给自己定下一条规矩：我从不保留，从不隐晦，也绝不迂回，在写作这件事上没有“情面”二字。它给我带来的声名我都收着，给我带来的代价我也认领。我相信，我的独立和诚意可以让人们看清我的目的。清冽的溪水远比泛着杂质的暖流更具备疗愈作用。

后来，偶然的机会，有人对我讲，既然你对很多事看得如此清晰，又敢于表达得如此彻底，其实可以写写其他东西，比如，我们每个普通人生活中遭遇的迷惑。他们的话提醒了我。当我调头看看周遭的生活，突然发现，每个人的迷惑都比我预见的还要浓稠。很多人被困在了一种情境中，表面上假装坚强，背后左冲右突也寻不到出口。对工作，对生活，对情感，对未来，这个茫然无措的时代，让所有人都看不到谜底。

一直以来，在我们的教育系统中，从未有人为我们真正答疑解惑。我们会拆解复杂的方程，背诵无数句型，但我们不知道与真实生活迎头相撞之后，应该如何勇敢应对，又该怎样巧妙躲闪。没有人告诉我们，长大会面临哪些真正的沟壑；没有人告诉我们该如何去爱一个人；没有人告诉我们如何变得独立；更没有人告诉我们，这世上有一些困境，任何人都无从逾越。前一天，我们所有人都被当作婴儿，恨不得在真空隔绝中圈养；第二天，我们又突然就被扔到了丛林，任凭自己杀出一条生路。这就是我们同龄人中很多人的命运。我们活在一种毫无过渡又不曾有过解释的人生里。无论来自学校还是家庭，我们的很多说辞，其实都出于暂时性的策略，用一种敷衍的方式对生活中的迷惑进行遮遮掩掩的解答，这让迷茫变本加厉。

所以，我决定不再绕弯子，讲一讲那些“大惑不解”的事儿。其实，除了一些人性困境之外，大多数这类迷惑都是我们自己困住了自己。我愿意用语言和逻辑成为拆解牢笼的工具。让人变得澄澈，也是一种解放。当然，这并不是说就我没有迷惑，也正因为我自己面对周遭，遍寻谜底，我才清楚困于谜面的痛苦。

这是一个矛盾重重的时代，我们终日忙碌不知所终。总有一些东西缠绕在我们心里。没有谁能成为别人的导师，也没有谁能替代我们自己去解决迫切的疑惑。所以，某种程度上说，我也是用这些文字首先解答和清理自己。不知道有多少文字会沦为鸡汤，也不知道有多少文字能刺破虚妄。

人生的话题很大，但它每天都化身为一个个问题和惊喜与我们相遇。我们对于生活总有诸多想象与期盼，但总觉得你待生活不薄，它却对你冷笑。其实，有时我们觉得步履艰难，是由于我们自己会错了意，因为生活或许从不是你以为的那样。

生活的真相

没人能毁灭你，只有你自己能让你自己沦丧；

也没人能成就你，只有你自己能让你靠近

微茫的光亮。

人人生而不平等

01

每天起床冲完澡，我都对着镜子问，“镜子镜子告诉我，我是不是能靠脸吃饭的男人。”镜子每次都温柔缱绻地回答我，“滚犊砸。”于是，我就赶紧收拾得当，出门上班去啦。可能，这就是我勤奋的来源吧。

知道自己长得丑，并接纳这个现实，是大多数人生活的基础性前提。如果对这个问题有认识上的偏差，生活就会更加艰难。我对自己的认识很理性，所以一直努力多读书，即便这样也很难扳回几成，但我知道，如果不这样做，也就更没什么活路可寻。

直白点讲，很多事情都告诉我们，作为人类的一员，我们都是非常理性和鸡贼的生物，总会本能地寻找一种付出最少、收益最高的求生途径。别以为谁会故意放弃自己最大的资本，去寻求一种复杂而艰难的人生，以便把那个过程演化为丰厚的积淀。那种事基本上只会出现在时尚杂志对企业家的访谈里，换句话说，都是胡编的。

每个人拥有怎样的先天资本，各不相同。但我们可能都会有共识，人与人之间的资质差异太大了。容貌、智力、情商、见识、家庭背景、对新事物的习得能力等等，几乎一切都有着巨大的鸿沟。有些东西外显性比较强，比如能不能靠脸吃饭；有些东西比较深藏不露，但是威力无穷，比如智商，比如对于新事物的掌握能力、对于形势的研判能力、待人接物的方法……所有这一切都会让每个人看起来或许只有一点点不同，但最终会把他们分割在两个世界中。

因为我们的起跑线不一样，人们才会觉得生活很不公平。可成年人的生活里，有什么真正意义上的公平可言呢？我们又不是生活在联合国宪章里。接纳这些不公平是我们生存的前提。这么说吧，就如同我们每天都追寻各种事件背后的真相一样，这说明我们的生活就运转在某种程度上的谎言基础上，这很残忍，但是现实。同样，我们都追求公平，这只能说明我们所处的当下世界本来就是不公平的。这有什么可疑惑的吗？

工作了几年之后，每次和朋友聊天，总会听到越来越多的抱怨，通常情况都是，“谁谁谁有什么了不起，不就是因为……吗？”省略号的部分可以替代为：家里有钱、长得漂亮、会来事、运气好等等。这一切让别人优于自己的资质，在他们看来，好像都属于负面清单，类似于某种歪门邪道、潜规则一类不正经的竞争途径，等同于考试作弊、比赛犯规一类上不了台面的手段。

听得多了，你就会感受到，这种抱怨之中蕴含着被现实打败之后无处消散的怨气。现在，再听到有人说起这些，我基本上能不说话就不说话，该吃菜吃菜，该喝茶喝茶，顾左右而言他，聊聊雾霾和新上映的大片什么的转移话题。但如果一直被追问意见，我就只能说点实话了。我问他们，“你们到底多大了？”我的意思是，这类感慨早就不应该出现在一个成年人的对话中了。那些先天的不公平更不应该构成自己的心理阻碍。我通常会直接对他们讲，“人人生而不平等”。对于我个人来说，多年以来，这都是一个人生的基本常识，但是我发现，每当我说完那句话，很多时候都会让人们突然陷入一种短暂的失语状态中。突然间，安静袭来，在周围的嘈杂声中，堆砌出某种震惊的况味。

最初，我震惊于他们的震惊。后来，我渐渐也开始明白，我们中的大多数人一直陷于一种乌托邦式的教育中，未能还魂，始终没有分清现实和理想世界之间那条微妙的界限。在我们所受到的多年教育中，人人生而平等，这一直是一条公理般的存在。即便我们生活得如此艰难，但似乎人们仍然相信这句振聋发聩的话语。我们都知道，公理无需证明，可以直接引用。于是，我的这帮纯真的朋友们，就在进入实体世界之后，仍然固执而天真地引用着这条公理，以此框定他们所面对的人和事。然后，面对与公理无法对应的世界，他们一次次陷入了惶惑。

“人人生而平等，这不是一直讲的吗？难道你不认可吗？”

他们这样问我。

好吧，我们就说说关于这公理中的平等和现实中的差异。教育系统告诉我们的，人人生而平等，这并没有什么错误。但那是哲学意义上和法理意义上的平等。它的意思是说，我们不会因为出身、肤色、地位、金钱、长相、身体状况等等这些差别，而被一个国家的政策和法规区别对待,我们每个人都享有同样的权利。作为文本，这样的表述保证了一个人和一个社会最基本的运转逻辑。但是，从现实意义上讲，就是因为我们的出身、肤色、地位、金钱、长相、身体状况……都不平等，所以，我们才从道德和法理意义上规定出我们不会因此而受到歧视和偏袒。如果你承认了“人人生而平等”的那句教化，其实，就是已经从内心深处接受了人人生而不平等的现实基础，只不过很少有人这样去想而已。我们姑且不说出身的贫寒与富贵给一个人带来的不同，就只说你们最热爱谈论的靠脸吃饭。谁不愿意看着一个个帅哥美女，什么叫赏心悦目？这基于基因和繁衍的本能，没有必要把这种选择一味地道德化。所以说，你身边的人因为颜值高而活得更容易，而你也没有必要羡慕嫉妒恨，接纳它才是最重要的。

我们直白一点说吧，这个世界从你一出生开始就不公平。有一次同学聚会，各位当了妈妈的同学们都带着自己出生不久的小宝宝出席。男生们都在二楼玩游戏，打台球，妈妈们都在楼下陪小朋友。有一个同学迟到了，抱着她的小女儿，小女儿萌得不得了。突然之间，所有阿姨都本能地围拢过去，抢着抱那个萌萌的小姑娘，其他孩子瞬间被冷落。我倚在二楼的栏杆上看着这一切，突然感到某种心酸和释然。那群人涌向一个小朋友，就是一瞬间的事，完全出于本能反应。你看，那么小的孩子，只是因为长相和表情比其他小朋友更萌，就天然地笼络了更多大人们的爱意，甚至在她自己都不自知的情况下。

孩子姑且如此，成人世界又如何呢?

从我读书的时候，我就知道并且认可了我们起跑线的不同。读初中时，班上有两个女同学，成绩都很好，一个是班长，一个是学习委员。班长属于那种敦厚、老实型的，就是你整个青春期，男生都不会多看一眼的那种女孩。她矮胖，戴深度近视眼镜，留着可以作为德育处标准发型图谱的齐耳短发，上课认真听讲，下课也奋笔疾书，完成所有功课之余，对任何我们看作笑话的集体活动也一丝不苟。而另外那个学习委员则是完全不同的样子，虽然她同样成绩很好，但是你基本上看不到她用功读书的时候，迟到早退都是常事，该玩的时候玩，不该玩的时候还在玩，但成绩就摆在那儿，没办法，还是被选为了班委。

老师经常会提到这两个同学，作为对我们这些人的激励，对前者的用功加以肯定的同时，会着重教导我们，“你们不要看到有些同学好像不用功，就以为人家真的不用功。谁能比谁聪明多少？人家背后用功，你们看得到吗？”无数次，我们都被这样告知，以至于在很长时间内，我头脑中都会产生一种挥之不去的、模模糊糊的画面，就是我班上这个瘦得像根筷子一样的女孩，就是个阴谋家啊！在同学面前用贪玩打掩护，骗着我们变得松懈，把我们的成绩拉低，然后回到家，她就在黑暗中自己加倍学习，最终把我们都远远甩开。

说真的，哪有这么回事儿呢？上中学而已，哪来的这么多战略、战术和心机呢？人家就是聪明，智商高，习得能力强，别人需要一小时掌握的，她看十分钟就能搞定。人和人的智力差别就是很大。这有什么不好意思承认的呢？

当时，我一直有这么个想法，和周围的同学说，他们不置可否。每一次我被老师批评，我都坚持说这个观点，老师就时而语重心长，时而气急败坏地对我重复她那些“人和人的资质都是公平的”一类观点。到了中考前夕，那个敦厚的班长一直保持着一种令人心酸的努力状态，但眼看着她从第一名一次次往后掉落，即便她仍然每天枯坐在座位上，像一台稳重的座钟。但那位学习委员，则轻轻松松拿到了一个国际象棋著名赛事的好名次，又毫不费力地考上了最好的高中。即便在那之前，她也一直秉承着自己迟到和早退、云淡风轻的个人风格。

面对这样的现实，老师们仍然摇头叹息说发挥失常，我在一旁，心里念叨着，这就是智商啊！直到如今，我更加能确认，我们的天资是否聪慧，在这个问题上，差异大得超乎我们的想象。说真的，读书的时候，老师对我们说，我们每个人都一样，努力就好。那是怕我们自暴自弃。但是成年之后，如果你仍然相信童话，那就是你自己的问题了。

上了高中，我的第一个班主任是物理老师。我的理科极差，差到一种连我自己都觉得匪夷所思的地步，就连地理，我都需要参加课外辅导班。花费大量金钱和时间的结果是，直到现在我仍然不明白等高线到底是干什么用的。所以可以想见，那个正处于更年期鼎盛时段的班主任对我是持以怎样的态度。她每天都从眼角的部位放射出一道道鄙夷的射线,来表达对我的厌恶和不屑。因为在她的心中，每个人智商、能力都是一样的，学不会就是因为不努力。对于一个苹果从六楼掉下不计风速需要多少时间这种问题，只要多练习就一定能掌握。我没有掌握，那么推断可证，我没有努力，我贪玩，我不用功等等。但苍天作证，我比任何人都用功，用功到了一种让我自己都感到羞耻又心酸的程度。作为一个处于青春期的天蝎座直男，我拼尽全力把高冷变得呆萌，每天下课铃一响，我所做的不是冲出教室，而是条件反射般地拍拍前面同学的后背，问他，“我想问问，这个小车从斜坡下滑的力是怎么回事？”直到上课铃响起，我其实还是无法理解，那个小车在滑坡上到底遭遇了什么。

我一次次地对班主任说，我们每个人对不同事物的领悟能力和学习能力是不同的，智力情况也是不同的。但她就是无法接受，以至于在很长一段时间里，我们之间只能保持敌对的僵死状态。后来，我自己赦免了自己。我不再努力去搞清楚小车和斜坡的关系，干脆把时间放在其他我更擅长的科目上。就这样，物理的成绩并没有下滑得太多，当然，因为已经没有什么下滑空间了，但其他成绩倒是还提高了不少。

如果说，初中和高中的经历，让我知道也最终确认了人们先天的智力和习得能力的不同，那么上了大学之后，我开始见证最初级阶段出身的不公平给我们带来的差异。

大学期间，正赶上非典，每天晚上我们必须按时回到宿舍，以免随意外出而增加感染的风险。由于不能外出玩耍，宿舍里荡漾着一股憋闷的气息，所有人都百无聊赖。那天晚上，我叼着一个桃儿，走来走去。一个哥们儿正抱着一台笔记本电脑在聊 QQ，笔记本是他找另外一个同学借来的。那时候，手机里最高端的功能是玩贪吃蛇，更不要提 iPad 这种连科幻领域都尚未涉及到的东西了。笔记本电脑稀罕而昂贵，所以网吧还生生不息。

借给他笔记本的那个同学拥有昂贵的手表、名牌服装和不用计数的生活费，虽然不曾像今天的富二代这样有标准的表征，但他就是一个实际意义上的、尚未被时代命名的富二代。而那个正在用他的本儿聊 QQ 的同学，还欠着大学八千多元的助学贷款，每天靠给人做家教补贴生活。

我凑过去问："你跟谁聊天呢？"

他说："我妹。我让她赶紧回家。那么晚了还在外面，多危险。又是非典，她还在深圳。"

我跟他说，你管人家干吗？都成年人了，你还管这些。

他没说话，一脸严肃地聊完 QQ 之后，跟我稀松平常地说了说自己的状况。为了让他读大学，他的父母、弟弟和妹妹都去南方打工了。那一年，她妹妹还没满 18 岁。即便如此，他还必须大幅度依靠助学金来完成学业。而多年之后我才知道，那笔积累起来需要偿还的钱，一直拖到他工作之后两年，才被彻底还清。

现在想想，以当年的物价来计算，他几年间借贷的钱和当时他手里从同学那借来的笔记本电脑价格相当。只不过当时，谁都没太注意过这些。直到很多年之后，富二代和穷二代这些词汇才像一根根刺一样出现在我们的生活里，时不时地，不经意间就扎我们一下。每当这种时候，我就会回忆起那段时光，那个非典的夜晚，他和我讲述着故事，语气不悲不喜，宿舍里悬挂着一个只能收到一个频道还布满雪花点的电视，播音员正义正言辞地宣布，某某航班发现疑似病例，同行乘客请尽快到附近医院体检。

当时，我们一起去网吧打 CS，在宿舍里玩游戏机，在操场上应付着跑圈，逃课、睡觉、背单词……我们看起来差不多，但实际上已经差开太多。他的父母在南方的大街上干着沉重的体力活，他的弟弟妹妹在一个个封闭的工厂里没日没夜地加班。凭此，他才能在一座大城市的大学里完成学业。毕业之后，他又开始面对一段毫无公平性可言的竞争。没有父辈的荫庇，没有人脉可以衔接，这个来自农村的男孩儿只能再一次在社会上单打独斗。

后来进入了社会，我才真的感受到人和人的巨大差异轰轰烈烈地降临，每天如此。一个人如何处理一件事，如何对待一个人，如何应付一个突发情况，这一切都是他之前经验总和的化学反应，而那些经验中有很多都是只有他的家庭背景、见识和经历才能带给他的。这些东西，让一些人在面对无论怎样的情况都能安之若素，而让另外一些人则只能茫然无措。而这个时候你往往就会发现，我们面对的不公平原来不单单是能否靠脸吃饭，不单单是对事物理解能力的快与慢，更有很多，是平时被遮蔽着，到了一定时刻就会突然出现，让你毫无办法的因素。

看到这种无法改变的状况，往往会令人焦虑，时间长了，人们开始把自己的焦虑铸造成偏见，开始形成了那些我们通常听到的话语，“有什么了不起，不就是……”。一旦这个市侩的句型在心中酝酿，从口中说出，其实我们就已经认输了。不要以为这是清高，其实，这就是抱怨，最无用的那一款。我们之所以会产生这样的心态，就是因为我们的预设和现实出现了分歧。

我们总是预设一种极度的公平，
接近完美意义，在同样的起跑线上听着发令枪
之后才开始生活这场比赛。但实际上，
有人从出生开始、从上一辈开始，
就一直在抢跑。问题在于，只要你不选择退赛，
你就得认下这个现实。

我们在这样的基础上展开一切。

对于无法改变的事物的抱怨，是这个世界上最无用的事情之一。与其花费大量时间天问一样质疑为什么上天厚此薄彼，还不如先认可了先天的不公平，认可了无法改变的那部分，再把时间用在那些可以做出改变的事物上。每天抱怨命运不公和时运不济，也改变不了你的运势。你对着比你漂亮的人撇嘴，你也不会变得漂亮；你对着出身比你好的人表达不屑，你也不会变成富二代。所以，这一切到底有什么用呢？

生活最大的问题在于，生活不是电影，它没有分级制度，无

论你的内心柔弱或者坚韧，血腥和暴力的真相都会在你面前次第展开；更致命的是，生活也不是拳击比赛，它没有量级区分，你只能用 70 公斤的身体和 90 公斤的对手近身肉搏，还必须表现得云淡风轻，体面而有尊严。生活这件事，看起来波澜不惊，其实，它远比看似血腥的拳击比赛还要残忍。这是生活的真相，不是书本里的宣言。

某种程度上来说，我们都只能看到别人身上的一部分，自动屏蔽了更大的一部分，反之亦然。每个人都一样，对外展示的时候都有层壳子，伤口都是独自舔舐的。每个人都有自己秘而不宣的弱点，都在偷偷羡慕旁人的某些东西，即便那些东西的拥有者从来不曾在意过。

我上大学的时候，有一天去上自习，背不下单词的当口，扭头看到墙上写着一句话：这世界唯一的公平，就是对每个人都不公平。呜呼！我几乎快忘了我在大学里学到的一切，这句话竟然记到了现在。

拼凑的梦想

和行动的理想

02

经常听到有人在争论有关梦想和现实的话题，似乎这注定是对不共戴天的冤家。但哪有这么回事呢？那些搞不清梦想和现实关系的人，最终只会把这二者弄得两败俱伤，自己再成为炮灰。其实，一切远没有那么复杂。某种程度上说，这世上根本没有梦想，只有现实。梦想无非是你想从一种现实抵达另一种自认为更美好的现实的过渡状态。

最近，有两部很火的电影《麦克法兰》和《拼凑梦想》，说的其实就是梦想的光芒和现实的残酷。前者是关于一个落魄教练沦落到一个全美最贫穷的拉美裔聚集区麦克法兰当了老师，发掘出一群底层孩子身上的长跑天分，最终让他们成为冠军的故事；后者也差不多，一个工程师因为丧子之痛，无法走出阴霾，工作生活一团糟，最终只能去往一所烂学校做老师谋生，却在一个热爱发明的学生的感召下，聚集了一个由小偷、混混等几个年轻人组成的团队，发明了一款水下机器人，打败了斯坦福和MIT，一举夺得大奖。

这类电影之所以励志，是因为他们先呈现了一种“最差的可能性”。他们在向你暗示：“就算你的处境再糟糕，也比不过电影里的这帮人吧？”所以，一旦那些处于极端困境中的人都能成就自我，那么你面对的困难又算得了什么呢？

无论是那群有长跑天赋的墨西哥孩子，还是热爱科学却被人忽视的底层移民后裔，他们最初是没有什么梦想的，或者即使有，唯一的效用就是供世人嘲讽。但有一天，梦想从他们身上生长了出来。

《麦克法兰》中有一些微妙的细节，比如教练叫吉姆-怀特，那群墨西哥孩子们，最初都叫他“老白”。这不只是他的姓名，也成为了他的文化身份。在这群底层孩子看来，这个“白人”不过是个过客和外来者，平时养尊处优，只是暂时落魄的他不会真正懂得麦克法兰的残酷法则。但没想到的是，“老白”一点点融入了当地，进入一个个孩子的家庭，和他们的父母交流，亲自去地里试着干粗活。他开始明白什么叫真正的苦难。所以，孩子们才能接纳他。一段时间之后，这群年轻人开始叫他“教练”而不是“老白”。这种改口意味着年轻人对于自己身份认同的变化，他们认可自己成了真正意义上有希望的运动员，而不是一群野小子。

这个时刻就是梦想产生的时刻。梦想只是第一步，重要的是，这群年轻人真的行动起来了。他们不知道这样奔跑下去的结果会是怎样的，但是他们知道，奔跑本身可以有效抵抗绝望。就如同他们在作文课上写道的，“当我们奔跑的时候，我们就是神。”这是这些孩子第一次在生命中感受到自己可以主宰自己命运的时刻。

那部《拼凑梦想》也一样，一群被认为命运已定的底层孩子，注定成为劳工，陷入贫穷和酗酒的循环，在监狱里出出进进，但他们决定要做出一个水下机器人。这在那个环境中简直就是个炸裂般的笑话。但他们有了这个梦想，也开始为之行动。

是的，光有梦想有个屁用。只有行动才是真正有效的。梦想是什么？梦想不过是强心针，是助燃剂。梦想应该是个动词。但更多的人一生只把它当作了一个修饰语，用来隐藏自己的懦弱与懒惰。大多数人所谓的梦想，都是白日梦。属于“夜晚千条路，早晨买豆腐”的那一款。有人想成为作家，却一个字都不写；有人想变得富有，却连创业都不敢。然后，这些人面对自己不曾试图改变过的现实抱怨无聊和庸常，把自己不愿看到的结果粗暴地解释为“现实太过残酷，梦想遥不可及。”进而莫名其妙地自我悲壮化。

在这些毫无行动力的人心里，梦想可能最好是只需要想想，就可以马上达成的那种东西。全世界都愿意帮你做好一切，你只需要迎接掌声就够了。想想谁都会，行动才辛苦。推动的过程都是琐碎的，会遇到无数麻烦和阻力。就像电影中的那些孩子们，他们得帮父母起早贪黑地干活，得应付学业，没有像样的运动鞋，没有钱为要设计的机器人买电线。他们每天所面对的东西都无比残酷，他们有无数理由可以放弃，甚至都没人有资格去责备他们。他们身上裹挟着由于长期陷入贫困而无法驱散的戾气，这些人也知道，自己面对的可能是一败涂地的结局。但他们更清楚，奔跑和做机器人的过程，这种一次次突破阻力的过程，就是他们把握命运的过程，如果放弃，就是拱手把命运交给无常，那将是更加恐怖和绝望的事。所以，梦想至少可以让他们看到一丝光亮，而行动是抵达那块光斑的唯一途径。

真的，这世界上其实没有什么梦想，只有现实。
你只是想从一种现实换成另一种现实而已，
所谓梦想，就是奔向更好的现实且尚未达成时的
一种期盼罢了。

如果你不满足于现状，
那你倒是动一动啊！

经常听到有人说，“我的梦想是做音乐”，或者，“我的梦想是成为画家”，“但父母不允许，所以我不得不成为一个无聊的公务员。”他们的结论是，他们的梦想被父母或者“现实”毁了。实际上，这些人都是被自己毁掉的。他们只想触摸梦想里最亮丽的金边，却不想穿过那大部分灰暗的历程。任何人都有权奔向自认为更好的生活，但任何人都无权让别人为自己的梦想买单。作

为一个成年人，你没有道理要求你的家人以给你输送钱、物为代价，无条件地支持你的梦想。《麦克法兰》和《拼凑梦想》中那些青春期的孩子都知道，能为他们梦想买单的只有自己。所以，他们才能在繁重的劳动之后,在周遭人的白眼之中拼命靠近光亮。而我们周围的这些人呢？拥有了那份“平庸”的工作之后，他们在干吗？喝酒、撸串和打牌，对吗？还有谁愿意付出时间与心血，靠近自己的梦想？

没人能扼杀你的梦想，是你自己不再想去滋养它。你总得从一种“现实”抵达“另一种现实”，这才叫实现梦想，你不能悬空地活着。所以,别以为成为一个公务员和会计是你人生的“失败”，那给了你抵达远方的资本，但大多数人缺乏变现的能力。

作为一个描述过程和过渡状态的词汇，“梦想”终究是要落地的。所以，拥有梦想这个事谁都会，你要做的是赶紧行动，而行动的过程中，你还要做好迎接一切污浊、麻烦和困扰的准备，要知道，迎击这一切比高谈阔论要难得多。之后，你要明确地知道自己梦想实现的样子是什么，要有时间表和路线图。无论遇到什么，都不要停止行动。想当作家的，开始写下第一行字，并且一直写下去；想当马云的，注册你的公司，倒掉就重新再来。这个世界没有义务等待你做好一切准备再开始运行，它不会像卡通片里那样，有一个英雄让时间停止，等你完善自我，再融入社会，大家都被你甩在身后，还会向你谄媚。

没人能毁灭你，只有你自己能让你自己沦丧；
也没人能成就你，只有你自己能让你靠近
微茫的光亮。

你看到的那些所谓实现了梦想的人，
都是在对抗现实之后的疲惫中，
更多地承担了无人知晓的苦楚，
所以，他们才能享得让人艳羡的美意。

那些

从我们生命中

走失的人

03

从一段奇遇说起吧。

几年前的一天，我百无聊赖地溜达着去地铁，在一条小路上，我和一个瘦小的男人擦身而过。突然间，他从身后开始叫我的名字，最惊悚的是，他还叫了一声我的乳名。除了我父母，已经再没有人这样称呼我，更何况是在这座充满陌生人的城市。

我站定，扭头，怔住，就这样，在生活着两千万人的北京，我遇到了自己儿时故乡的玩伴。他的眼神在一秒之内闪烁过无数种混杂的意味，惊讶、欣喜，还有一丝陌生和尴尬。我想，我的脸上一定也浮现着一模一样的表情，虽然我们都表现得十分克制，拿捏着适可而止又掺杂着点表演性的激动。

北京的夏天溽热得令人沮丧，那是正午，树荫抵不过阳光，人们仄仄而行，知了大放厥词，那个瞬间像极了我们小时候的暑假时光。每年暑假，我和他，还有一群小伙伴每天都混在一起，踢球，抓蜻蜓，或者拿着水枪互相追来追去。对于孩子来说，夏天的高温从来不是玩耍的障碍，不像现在，我们两个都躲在荫凉下说话。我们互相问及彼此的近况——以一种表现出关心却又绝对不是打探的语气。他在中关村上班，工作和技术有关，偶尔来这边办事。然后，我们寒暄着找个时间吃饭，因为忙着赶路就匆匆告别，到最后，甚至有一点点逃脱的意味。

那次奇遇之后，我们再未见过面，也未曾联系。而在那之前，我们至少有 15 年失去音信。那期间，我们在不同的城市读大学，后来各自搬家。一群童年玩伴，散落各处，搬家时都彼此打了招呼，留下联络方式，信誓旦旦地承诺着保持联系，但很快，所有人都负心地遗忘了一切。

残忍一些讲，15 年后的这次偶遇，我们其实已经形同路人，只不过还认得出彼此的样子，还记得住彼此的曾经。如此而已，再无其他。后来，我也不止一次地想过，为什么一直也没有约着出来坐坐之类。逐渐也终于明白，我们其实并不需要彼此。即便真的坐下来吃一顿饭，我们所能做的也不过是在客气的氛围中追忆一下童年的糗事，互相问及一些两个人都已经再无联系的其他玩伴的境况。最后一拍两散，成为彼此微信上一个永远也不会亮起红点的僵尸联系人。至于友谊，我们可能都不是接续，而是要平地重建。过去这么多年，我们各自经历了自己的喜怒哀乐，其实，早就不是儿时的那两个小男孩了，重建友谊可能并不容易。

或许，我们都明白了这一点，说是重逢，可能更像是萍水相见。自那之后，我们再未能在这座数千万人口的城市中擦肩而过。我们第二次从彼此的生活中走失。

走入社会之后，我们的社交突然间变得无限宽阔而又浅薄起来，我们善于与更多的人称兄道弟，对所有人介绍，某某是我的朋友，但我们都知道，这不过是充满社交礼节气味但从未有人真正在意的称呼。倒是曾经的那些相互了解的、深入过彼此生活的朋友们，开始从我们的生活中淡出，终至消失。

读大学的时候，班里有几个女生关系很好，每天都黏腻在一起的那种。本来，很多人一直认为这几个人的友情会一直这样坚固下去，像电视剧中那些相互嫉妒又互相鼎力的闺蜜那样。但毕业之后，事情一点点微妙地变化着。有人当妈，有人出国，算不上四散天涯，但也各自有各自的牵挂。时过境迁，际遇各不相同，圈子也没有相融，联系就越来越少，后来几乎算是断了。微信群常年没有声音，也没人觉得应该说点什么，或者有人说一两句，也没人接得下去，那冷场更加振聋发聩。大家几年见不到一次，有时有人想攒个局，也都各自有事，后来，有些推辞的原因听起来巧合得像是借口，大家可能也心知肚明，也就嘻嘻哈哈呵呵呵地算了。

我曾经对她们闺蜜团中的成员表达过我的判断，我说，你们其实基本上算是绝交了。但是人家不承认，对我翻白眼什么的。后来一次次地约会不成，看着推脱的理由越来越奇怪，看着朋友圈中渗透出的价值观越来越相左，白眼也就翻得不那么孔武有力了。又转入了扪心自问的环节，这到底是为什么呢?

有些人好像就是无法理解，人际关系永远处于微妙的变化之中。有些原本亲密的关系，就是会在什么都没有发生，没有矛盾也没有误解的情形下，一点点变得冷淡，最终消散。这没有什么值得大惊小怪的。人心和生活本身就有很多莫测之地，生活的有趣和无奈之处就在于，很多事就是会无缘无故地发生。

后来，我和另外的朋友谈及这些“走失的友谊”，那位朋友也很有感触。她很早就出国，已经定居大洋彼岸。她听完我们讲述这些，念起自己的故事。她说，她曾有位朋友，关系一直不错，经常一起吃饭聊天。对方等待办理移民手续的时候，有时经常会住到她家。后来，一切办得妥帖了，关系却一点点疏远了。人的心绪和环境有关，在国内还好，一切都是熟悉的，也就不太在乎一个人、两个人与自己的亲近或者疏远，但在国外，好像就都有些不同。虽然拿了国籍，语言也通，但毕竟和老外隔着一层透明的墙，文化的隔膜让人们更加在乎周围的朋友，老朋友，从国内过去的老朋友。这种关系可能像是一块位于大洋彼岸的文化飞地，一块心中更私密化的唐人街，用彼此间能懂的笑话和段子构成一种难以言传的亲切与安全感。所以，那位朋友从她的生活中抽离之初，她一直竭尽全力地想挽回。开始，她一次次地打电话，约对方吃饭，但对方都有各种原因推脱。后来，微信发过去，很久才回，再后来，发出去的微信就都永远孤零零地悬挂在对话框里，无人捡拾。

“我就是觉得，那么好的朋友，不想就这么断了，没道理啊。”坐在咖啡馆里，她对我这样念叨。朋友的老公也开始劝她，何必这么上赶着呢，人家不想联系了，就算了。最后也就真的算了。但是直到现在，朋友还未能释怀。“我就是不明白这是为什么，我一直在想是不是自己什么地方做错了？”她说。

好像这种想法很普遍，就像我们大学里的那个闺蜜团一样，有人一直在想，是不是发生了什么事，在不经意间得罪了对方，但人家又不好意思说破。或者是不是自己某个无心的玩笑触怒了对方，人家用疏远来表达不满。

在大多数人心里，一个人与另一个人亲近或者疏离，似乎总该有些直接或者间接的原因，因为某件事、某句话、某个不恰当的行为，成为了彼此心中的一根刺或一条河。但其实，这些都是我们假想出来的东西，它基本上只存在于芒果台的狗血剧里。那些勾心斗角的职场人士，那些暗藏机锋的心机婊们，脸上不显、嘴上不说，看似一切如常，但心中早已沟壑万千。现实生活里，哪有那么多戏剧性的情节？更多的是时间碾钵慢慢碾碎我们的心境，然后，在不经意间，一切就都不同了。当心境发生变化，彼此间的关系注定会意兴阑珊。有时，我们自己都不知道为什么就疏远了一个人。这就是生活的真相，没有缘由，没有起承转合，有些人闯进了我们的生活，而有些人在我们的生活中淡出，像电影意味深长的结尾，只不过，在那个逐渐变淡的过程中，我们难以察觉，放任不管，或者无能为力罢了。

所以，我对那位朋友认真地讲了讲：你没做错任何事，那个和你疏远的人也没做错任何事，没有原因，就是这样了。你要学会接受。

生活中有很多事情就是这样无缘无故发生的，如果所有事都真的有因有果，那就不是生活，而是故事了。生活当中的很多人和事都处在灰色而渐变的地带，雾蒙蒙，说不清道不明。如果我们无法接纳这一点，生活对我们来说就会很艰难。本来生活就是个谜团，我们只能参与这个猜谜的游戏，注定无法揭开所有谜底。

对于大多数人来说，朋友是一种重要的关系。因为我们从小被告知，人类是群居动物，我们需要社交。而朋友是社交当中一种亲密而高级的形式，它意味着人们心灵相通，这听起来无比美妙。每个人被动地来到这世界上，际遇巧合地在数千万人的城市里相遇、熟识，彼此交互，倾听和理解对方，这是一种怎样的低概率事件呢。但是，我们还是得清醒地承认，每个人真的就是一座孤岛，我们在漂流途中，偶然与另一座岛屿相遇，可能我们从此彼此相连成为大陆，也可能转瞬擦肩而过，永不相交。这取决于岛屿，也取决于水流。更多的时候，我们只是顺流而下，毫无办法。

我们读书、升学、工作，一路上会与很多人相逢，也会从很多人的生活中走失。记得刚刚升入初中的时候，大家刚刚开始彼此熟识，有一次午饭后，聚在一起聊天，突然聊起谁和谁到底是因为什么事说起的第一句话，又是因为什么事开始熟悉。大家都说不上来。于是，我们就决定，从这一天起，我们要记住，从今往后和那些还没熟悉起来的同学们是如何开始变得熟稔的。后来，我们终于承认，这根本就是一件不可能的事。我们都是在最不经意的瞬间触碰了彼此，就好像日后在更不经意的瞬间疏远了对方一样。

一天天的生活中，环境在变化，我们自己也在变化。

我曾经说，我们的人际关系中，有一些属于情境型朋友，有一些属于价值观朋友。前者基本上属于偶然的机会，或者在无可选择的情况下生发出的社交关联。其实，我们读书的同学、儿时的玩伴，有很多都是如此。后来，我们所处的环境变了，选择多了，我们会重新寻找更切近于自己内心的人际关系。以前那些因为环境而熟识的关系并没有随着新环境的变化而变化，亲昵也就被留在了过去。

有一次和父母吃饭，他们聊起一个邻居的近况，问我是不是还记得那家的孩子。我说当然，那是我儿时的小伙伴，每个周末都在一起玩耍，那一伙人有七八个。有人留在原地，有人去往他乡，大多数人娶妻生子，也有人保持单身，有人离了婚……这一切都是我从父母口中听来的。想想当时我们在一起蹦蹦跳跳的情景，还历历在目，但彼此可能就这样咫尺天涯了。我听他们讲着，谁的父母还住在那个小区里，我的哪个小伙伴变胖了，哪个还和以前一样，哪个显得很沧桑，哪个刚刚生了个女儿……

对于我们这些人来说，后来疏于联络，有些是出于环境的改变，更多的则来自于我们各自内心的变化。我们的彼此失联大致是从高中之后开始的，高中是一条明显的分水岭，有些人去读了中专，有些人开始准备高考，就此各自踏上了不同的人生期盼。日后，我们对世界的看法、各自的成长速度、每个人后来所处的境遇都大不相同，儿时一段重叠的生活，并不能支撑起日后大半生的友谊。这一点确实有些令人唏嘘，但又能如何呢？

其实，相比于外部环境的变化，时空流转所带给我们每一个人内心纹路的变化才是真正让我们疏远彼此的根本原因。对于有的人来说，成长期内的变化惊人，有些人却一直原地不动，有些人按部就班地长大，有些人困在了童年，有些人的内心未老先衰，有的人变得游刃有余，有的人仍然不谙世事……

友情作为一种互动的关系，需要齿轮的咬合，有时，多年之后，我们以尚能相认的肉身和面目全非的内心再次相逢，你会发现，有很多人已经找不到
彼此可以扣合的凹凸。

至少，我自己一旦发现这种无法咬合的尴尬，
我就已经决定放弃这种关系了。过去的一切佐证不了未来，
即便我们都努力把自己拽回当时的情境中，
即便我们互相叫着儿时的名字，说着方言和土话，
开着当年最私密的玩笑，但是总有什么东西横亘在
我们中间。我们越需要表演亲昵，就说明我们越是疏远。

这么说吧，
凡是需要悉心维护的都是社交，而不是朋友。
有时，我们出于生存的无奈和压力，
必须用尽全力去维系一些关系，那基本上等同于

讨好和交易，只是有时，我们错把那些当作了朋友的一种。

朋友之间最高级的形式是，在一起时谁都不说话，也都不会感到尴尬。如果你真的遇到了这样的关系，就请珍惜这种友谊。两个人能一起面对各自心中和彼此中间那巨大的孔洞，而不需要虚情假意和没话找话的用言辞去填补，这才是真正意义上的心灵相交。当我们可以像独处一样自在地陪伴彼此，又都不觉得对方突兀时，那才能真正叫做朋友。而那些需要费尽心思去维系的人，就算了吧。既然，那些之于我们又不是生存的必需，也无法为彼此带来精神上的暖意，何必付出如此大的心理代价呢?

人和人之间的交际不可能无限延展，某种意义上说，每个人都只能在路上送我们一程。有些人就此挥别，有些人转身不见。有时，我们最珍惜的人会莫名其妙地消失；有时，有的人会毫无来由地闯入，焊接在我们之后的生命中。

有一部奇妙的，有关人际关系的电影叫《如晴天，似雨天》。这部电影像一个寓言，讲述了人们生命中人际关系的无常和无法命名的情感。

故事发生在一幢如博物馆般的宅邸中，脾气古怪的单身妈妈、小男孩和一位厨师一起生活，由于保姆的突然离职，妈妈又要离家,这个富有但冷漠的家庭需要一位新保姆来照顾小男孩的起居。与此同时，年轻姑娘埃莉诺与不思上进的男友分手，又被餐馆老板辞退，急需工作的她来到了这幢房子里。

小男孩是个神童，热爱阅读，对作曲极具天赋，数学无师自通……但这些也令他注定无法融入同龄人的世界，甚至与成年人也很难和谐相处。但埃莉诺与他，除了开始时稍微的磨合之外，几乎称得上一见如故。男孩带着埃莉诺去那些昂贵得令人咋舌的餐厅吃有机食品，埃莉诺带着他去唐人街吃放了大量味精但味道绝妙的中餐。他们一起看电影，一起聊天，更奇妙的是，很多时候他们都各说各话,但却能感到对方可以超越具体话题本身，抵达彼此想要表达的深层意味。

一个智商和情商都超越自身年龄的富家小男孩和一个潦倒的保姆，几个月的相处，他们之间却产生了一种旁人无法想象的、透彻的相互理解，那是跨越年龄的友谊，超过友谊的亲近，以及像极了爱情却又绝对无法定义为爱情的东西。这部电影绝妙地拆解了所有固执的定义，让那些界限分明的世俗概念在这两个人面前全然失效。

电影中的小男孩和埃莉诺像是世界上最孤独的两个人，但仔细想想，我们所有人又何尝不是如此呢？每天与一群朋友谈笑嬉闹，但谁能真的洞穿对方的心灵？埃莉诺聊的都是成年世界的悲伤话题，关于失和的家庭、和男友的争吵、自己对未来的迷茫；而小男孩说的是从出生就伴随自己的孤独，因为与众不同而产生的无可奈何的疏离。两个最孤独的人却建立了一种超越俗常的亲昵关系。开始是亲切，如果说这是朋友，但无论从年龄还是经历上，他们都缺乏世俗意义上成为朋友的基础；后来，彼此间肯定有了超越友谊的某种情感，如果说那是男女之情，但却又绝对没有性的元素；而如果说那不是爱情，那种彼此的难舍与交互，却又只能是恋人间才能激发出的东西，近乎缠绵却又纯净得无以复加。这两个人每一次情感的递进都贴合日常，却都超出经验。

人这种动物总有些玄妙之处无法说清。有的人相处一生却从未互相了解，有的人在相遇的一瞬就已经能洞穿彼此。就如同这部《如晴天，似雨天》中的那句令人落泪的台词：“真的很难相信我和你只相处了几个月，感觉我像认识了你一辈子。”这就是人性的奇妙，我们能如此奇妙地相遇，也会如此无奈地分离。即便如电影中这种令人动容的关系，最终还是会彼此淡出对方的世界。

这就是生活，我们每天处于其中的、真实的生活，没有铺垫与高潮，没有起承和转合，有些人来了，有些人走了。

既然如此，真的就不必纠缠于那些从我们生命中走失的人，如果我们彼此需要，我们终将还会回到对方身边；如果不是如此，即便你再大张旗鼓地寻找，他也会永远在你的精神版图上成为一个盲点。有时，我们自己就是别人心中那个走失的人。

路漫漫其修远，我们不能没有钱

04

如今只能靠在某卫视的亲子真人秀上露露脸的郑钧，多年前正值火爆的时候，曾在一首名为《路漫漫》的歌中直白又慵懒地唱道，“路漫漫其修远，我们不能没有钱。”可能现在已经很少有人还知道这句歌词。作为文化和经济上的先驱者，娱乐圈的那一批人有着相对超前的意识。只不过，在那个市场化转轨尚且有些羞涩的时代，这句歌词的内涵并没有被大众广泛收割而已。

多年之后，人们终于开始不太羞涩地谈论金钱。

如今，每隔一段时间，朋友圈就会疯转一张图，上面写着“老板，不要和我谈理想。我上班就是为了钱。我的理想是，不上班。”大家看完都笑，又突然觉得有点振聋发聩的意思，继而还会有点哀伤。是的，大多数时候，对于一份工作，很多人还是会有一点收入以外的考量，比如所收获的社会敬重程度、稳定，或者一些精神上的所谓成就感等等。但这些似乎都经不住推敲，更经不起拆解。工作，最基本层面的意思就是“谋生”。大多数人出来上班就是为了钱，如果不是因为穷，谁会每天吭哧吭哧起早贪黑地上班呢？但我们总会出于文化层面上的修辞和道德范畴上的羞怯，要把这个直白的道理精心打扮一番，以便让它显得不那么露骨。然而，残忍的真相总会败露。

似乎从来没有什么东西像金钱这样让你娇羞地避而不谈，同时又令你贪婪得肆无忌惮。

一个如今已经失联的朋友，多年前和我讲过一句话，他说，“钱，就像手纸一样有用和没用。”非常精辟，是吧？当你需要它的时候，往往都是急需，如果没有，你就会陷入无比的尴尬、焦虑和绝望之中；当你不需要它时，你甚至都不会想起它。从这个意义上讲，手纸和钱真的是一样的东西。

有一次，我们去采访漫画家朱德庸。他也对我们讲了一句话，“亚洲人先被贫穷毁坏一次，被富裕再毁坏一次。”这话更加通透。多年以来，我们就一直在赤贫和暴富之间首鼠两端，无所适从。

钱，到底是什么？它为什么让你又爱又恨，超过你对奇葩前任的纠结？

钱是硬通货，是抵达一个个新岛屿的交通工具，是这个世界众多窄门的门票。我们需要交换很多利益、技能、物品，但最方便的中介就是钱。所以说，它是这个世界的最大公约数。钱不过是因为它本身的有用性，才成为了最吸引人的东西。它本身最冷静，客观，毫无情感色彩，也不持道德立场，那一切围绕钱而生成的情感因素，不过都是人们对它施加的爱恨，都是对自己的幸运、努力或者无能的折射而已。这一切其实都与钱无关。所以，钱就是这么个东西。它极其有用，无需褒贬。这是我们应该用理性看清的概念。

自从人类把贝壳当作交易的中介物开始，这些暧昧的通货就令人无比沉迷和疑惑，更何况如今这个时代呢。中国一直流传着一句被认为很有气节的话：视金钱如粪土。这句话是不对的。我们应该有一种平和的、客观的金钱观。视金钱如金钱，视粪土如粪土。而不是颠倒过来以代偿自己的酸葡萄心理，并以此作为自己不去努力的文化支撑。

在这个世界上，钱，是唯一能让你安全的东西，我说的是“真正的安全”。其他一切让你感到安全的凭证不过都是暂时的心理幻象，比如和睦的家庭、多年的好友、亲密的爱人等等，这些并不是不重要，只是这一切其实都是建立在金钱解决掉所有棘手的事情之后的、更高级的需求。总有一些鸡汤和狗血电视剧的台词这样说，“能用钱解决的事情都不叫事儿。”相信我，写出这种水平电视剧的人就是因为缺钱才接的这个活儿。

这个世界上 99% 的问题，都可以用钱解决。

这当然不是问题。有问题的是你没有钱。

余下的那 1% 无法用钱解决的，

那压根就不叫“问题”，叫“困境”。

比如生死与爱欲，比如时间与青春，比如如何安放精神
以及如何追寻意义。这些都是人性中的黑洞，
我们凝视它们，却无法填满它们，甚至都无法靠近它们。
但那些属于玄学领域，只存停于大脑回路中冲撞纠缠，
它们偶尔会在你独自一人的深夜向你袭来，
通常也会自然散去。但问题是，你每天生活于现实空间，
碰到的都是触手可及的麻烦。
最近，有家人生病，慢性病，治也未必痊愈，不治就一定向坏，
但美国开发了新药，还在试验阶段，全部疗程
几十万美金吧，效果不知，但这肯定是目前最有用的东西。
这是不是属于“可以用钱解决的事情”？这难道不叫事儿吗？

钱，不是为了让你炫耀，也不只是让你能购买豪车与首饰。最重要的，它能为你换得自由与安全。所以，不要认为努力奔向钱的人都是低级的。有这种想法的人才真的狭隘与无知。什么叫自由？自由就是可以拥有多种选择，就是可以随时拒绝你不想做的事儿，可以随时从你讨厌的人面前转身离开。什么叫安全？安全就是，当生活与生命中任何可预见和不可预见的变故袭来，你都可以微笑着抵挡，解决它的同时，还能保有现在的优雅。只有钱能让你我做到这一点。

贫穷不是道德上的污点，
富有也不是肆无忌惮的盾牌，反之亦然。

我们不应该嘲笑贫穷，也不应该谄媚物质，
只是，作为一个成年人，应该有最基本的
对于财富的正常态度。我们只是不应容忍自己
因为懒惰而持续贫穷，也不应该放任自己
因为追其财富而不择手段。如此而已。

一个成年人成熟的标志之一，是不再纠缠于自己的职业是否就是自己的志业，而是可以委屈求全地用一种自认为不那么硬朗的方式去换得体面的报酬，再用这份收益来维系自己真正体面的生活和有尊严的内心世界。用金钱换得自由与时间之后，你还能去寻求那份志业，那才说明，那个志业是你真正所爱的，这也是值得尊敬的事情。而不是说，非要表现得像一个圣徒，为了一个事业把自己变得一贫如洗，以此证明自己的赤诚与忠贞。

当然，这并不意味着你必须在现实面前变得苟且，我只是说成年人要懂得迂回。崔健唱过，“石头虽然坚硬，可蛋才是生命。”所以，只要换得钱的方式不触犯法律，不违反你的道德观和价值观，你就是可以去做的。更何况，在现实中，我们很少遇到那种道德拷问式的抉择，比如一边是我极其厌恶却能暴富的事情，另一边是我终身挚爱却注定清贫一生的东西，那基本上是作家虚构出来骗钱的。别陷入那些幻象里。我们该谦卑的时候就要学会谦卑，该坚韧的时候就得保持坚韧，这已经足够。只是别把自己的底线莫名地调整到比大多数人的高线还高，以此表明自己的

高洁不染，并引以为傲。这种傲娇就是幼稚。说真的，极少数人的财富是直接继承而来或者来源于一些不轨的途径，所以他们才被报道与放大，而绝大多数的财务自由者都历经过艰辛。因此，别急着抢占道德制高点，对所有富人发出自以为看透世事般的讪笑。这是你改变生活的第一步。

有人说，钱买不来幸福，买不来快乐。说出这些话的人一定是个一直生活平稳的年轻人，既没经历过贫穷，也从未见识过富有。对于幸福，我们还真的很难评判，这个概念过于毛茸茸，见仁见智。快乐的程度在很多时候确实与金钱有关，生活中的很多乐趣毕竟无法彻底脱离物质的支撑。很多人都听说过那部英国的纪录片《人生七年》，那部跟踪拍摄不同社会阶层多年的纪录片最后得出了一个结论：那些贫寒家庭的孩子小时候或许更快乐，因为那些家庭没人逼迫孩子们练琴、读书，他们可以随意玩耍；但成年之后，毫无例外都是富裕阶层的后裔更加快乐，因为他们可以得到更多的资源。

歌中唱到的“穷得只剩下快乐，身上穿着旧衣裳。”那不过是青春期内分泌失调时转瞬即逝的精神幻象。对于大多数人而言，穷困对于人的摧残远远多过奖赏。梅花香自苦寒来，但往往人类都是桃花，注定死于过于漫长的冬季。

长期以来，中国有一种安贫乐道的恐怖说教，近几年好了很多，少有人讲了，主要是被现实教育了。客观地讲，贫是生不出道的。富有，长期的富有，数十上百代人的富有，才会生长出教养与文明。中国当下，那么多让你侧目、焦虑与哀叹的事情，其实不是因为人们为富不仁，仍然是因为过于贫穷。那些见死不救的冷漠路人，那些开着豪车肆无忌惮冲撞别人的年轻人，都是因为根植于骨头深处的、尚未散去的贫穷所积累出的病灶。

钱，是为我们服务的，我们不是为钱服务的。我们应该理性、公允地平视金钱的效用，大方、努力地赚取它们，为了改善我们的生活，而不是被它所奴役。

我有一位高中同学，酷爱文学，他曾是我的班长，有一次，他帮我买过一本文学杂志，我要给他钱，他说，送你了，以后一直坚持读下去就好。现在想想，很有一种前辈帮扶晚辈，扶上马送一程的意味。他研读鲁迅全集，写写小说什么的。大学读了财经类专业。毕业后，经过校招去了一家保险公司做内勤。当然，文学青年怎么可能出去卖保险？这听上去也太不体面了，对吧？有一次见面吃饭，问起近况，他说，现在每个月拿 1500 元钱。他们跑外勤卖保险的同事,每个月有提成,发工资都是“那么厚一摞”，他用手指比划着说。“我觉得那样的人没有灵魂。”他微笑着说。这句话我到现在都记得。当时，我觉得他说得很真诚，发自肺腑。我一点都没觉得可笑，也没觉得敬佩，只是听听，就聊开了别的。但十年过去了，不知道他是不是还继续在做内勤，是否仍然还拿着那么一点微薄的薪水，是否仍然认为那些努力赚钱的人“没有灵魂”，是否可以继续用文学杂志和写作就可以构建内心的堡垒。我很想知道，在现实的重压之下，他的灵魂怎么样了。

富二代是人类进步的阶梯

05

出身贫寒注定备受歧视，而生而富有却也同样背负原罪。这就是我们身处的现实。

几乎再没有一个群体比中国的富二代更能引发争议了，人们对他们投去的目光中包含着恐惧、不屑、敌对和欲盖弥彰的羡慕。它早已超越了自身的概念,担当了高压社会中的宣泄口和解压阀，几乎成为了所有社会角色中被污名化程度最高的群体之一。

在很多人的心中，富二代群体似乎是这几年间才突然间冒出来似的，但事实并非如此。只不过在多年以前，我们尚且缺乏公共化的、外显化的、可供人比较的财富等价物，无论是奢侈品还是房产，都在近些年才日益成规模地出现在我们的生活中。我们没有观察到，并不意味着多年之前，人群中不存在贫富分化。随着资本积累和增值方式的变化，社会分层日益加剧，也日益明朗，那个可以轻易坐拥财富的年轻群体开始规模化闪现。一旦一个人群被讨巧且具备道德争议的标签所命名，那么它就变得特别易于传播。之前留存于人们心中的那些暧昧的道德火药，就随时可能被“富二代”这个词汇点燃。而警法新闻，则成为了最称职的引信。

没人愿意读平庸的故事。所以，只有当一个富二代驾驶着兰博基尼撞毁了另一个富二代的法拉利，这才构成新闻的要件，最终被报道和传播。富二代就在这种车毁人亡的潜在语境中，被默默地勾勒出一个经典形象：坐拥不劳而获的巨大财富，肆无忌惮地挑战法律权威，对穷人无视甚至草菅人命，不学无术而骄奢淫逸。但是，很少有人愿意理性地想一想，之所以这一切被选进新闻，就是因为它属于极少数并具备极端性。这种片面的人物画像能满足庸众嗜血和仇富的心理需求。那些深夜中撞毁的豪车，和在一旁哭泣的嫩模，暗自印证着人们对于一个神秘群体的集体想象，在满足八卦欲的同时，也能达成对自己的解脱——你看，我的失败和贫穷并非因为不努力，而是这社会的不公。

社会阶层的固化是基本现实，其实，任何一个正常社会的阶层基本上都是相对固定的。如果一个国家出现上层与底层规模性的上下翻飞，那一定是发生了某些革命性的动荡。假设我们认为一个社会应该保持稳定，那么阶层固化就是必须被接纳的现实与常态。由于众所周知的原因，中国民众对于权势者的态度混杂着恨意与羡妒，但中国的特殊情况归特殊情况，不能因此就拒绝承认阶层固化才是常态这个冷酷的现实。这并非是在为中国特殊的权势阶层开脱，而是我们不能一直欺骗自己一定能改变命运。

更多人的问题在于，由于对自身境遇的长期不满而放纵自己，迁怒于出身更优秀的人群。仿佛打击了富有的人群就可以为自己的贫穷现状找到自己无能为力的外部理由似的。

所以，富二代这个原本应该是中性的词汇，现在却覆盖着大众道德的痰迹。

富二代到底是什么？他们不过就是继承者，只不过可以继承的财富比常人更多而已。富二代的产生是因为有富一代。

只有当一个社会允许、鼓励人们创造财富，并且有平稳的环境得以保有财富在代际间传递，这个社会才会出现富一代和富二代，这个环境也才是正常的。其实，真正可怕的并非那些驾驶着豪车飞奔而过的富二代，而是我们的社会发展了那么久，为什么才刚刚出现富有的第二代呢？之前所积累的财富都去哪儿了？要么因为战乱或者其他一些特定时期的特殊原因，而溃散或者被剥夺。难道这不才是更加需要被警惕的事吗？

至少，在 1980 年代以前，贫穷被赞颂为美德，而富有却被斥责为罪名。那个不正常时期的因子其实仍然部分渗透进了我们这个时代的基因中。在我们心理深处，仍然对财富的拥有者抱有偏见。而当我们愈发成熟，我们就会更加领会一些中国古训以及现代训词中的美德，不过是失败者对于自己无能和贫穷的遮羞戏码。我们习惯于美化“安贫乐道”，所以故意强化出“为富不仁”。只要我们尚存一点清醒，就该明白，有人有能力炫富，永远优于一个社会只能大规模炫穷。前者证明世界运转正常，而后者只能映射时代的扭曲。

我们得承认一个现实：从某种程度上来说，富二代是人类进步的阶梯。仓禀实而知礼节。贫穷大多数时候是不会产生教养与善意的，但会滋长粗鄙和荒蛮。一切文明、美好和优雅的事物都是与财富为伴的，无论艺术、文化抑或是学识，都是有钱有闲之后的事。富二代是通往那一切的第一步。安贫是不会乐道的，贫穷所带来的伤害远远大于它本身的道德价值。

从本质上讲，当下我们周围有很多富有者其实都是乍富者，但这并非他们本人所选择的，这是时代的问题。我们被允许创造财富才不过 30 余年，那之前积累的财富又都被吞噬掉了。乍富者身上一定会出现自卑与自大、不堪与狂妄的混杂气质，这是无可逃脱的，一些富一代和富二代身上显露出这样的表征，但这又有什么办法呢？如果你真的想看到教养与体面，就得承认和面对这个必经的阶段，然后度过它。如果我们任凭愤怒一次次毁掉财富积累的最初阶段，那么我们永远都只能陷入赤贫和狂妄的 new money 组成的死循环中，而永远抵达不了 old money 的尊严。

其实，在我因为工作所接触到的富二代当中，大多数人都过着本分的生活，这里的“本分”是指与他的财富水准本身相适应的，并不故意炫耀也并不刻意掩饰的，正常且合适的生活。不然，你要他们怎么样呢？难道就由于自己的父母因为幸运、勤奋或者哪怕是某种特殊的途径而获得了财富，自己就必须与他们划清界限，断绝关系，以便展现自己自食其力的品格吗？这没有道理。

大多数富二代，由于生活条件的原因，更容易变得优秀，他们从小与家境一样优渥的玩伴一起玩耍，之后可以得到比你良好的教育，天然可以有广阔的视野，因为家庭原因又轻易就能接触到不同领域中的杰出者，无论是所谓的资本还是人脉，那些在你看来都是需要慢慢领悟和争取的事物，于他们来说都不过是生活中最稀疏平常的存在罢了。所以，即使他们不努力，他们变得比你强大的概率也高出很多，更何况，那样的家庭中，大多数人都会自然而然地把变得更强当作本分，他们为什么会不成功呢？他们拥有豪宅、跑车和漂亮的女友又有什么错呢？社会资源的配置是有规律的，他们没有抢夺和偷窃，那是他们理所应得的东西，不然，你希望他们过上怎样的生活呢？租一个地下室，蹬一辆自行车，和一个丑姑娘一起从卖煎饼开始创业，然后做出比父母更大的事业，最终裸捐给失学儿童，再隐居深山深藏功与名吗？

客观地讲，我们每个人都是拼爹的，从出生开始就是如此。喝什么牌子的奶粉，坐什么样的童车，能拥有什么档次的玩具，上哪一家幼儿园，这些难道不是家庭为我们创造的基本条件吗？我们所过上的生活都是符合我们原生家庭的财务状况的，只不过长大之后，那些衡量财富状况的中介物更加显著而已。

其实，相比之下，普二代和穷二代中才有更多的人过着超越自己财务状况的生活，那些每个月薪水几千元的屌丝，有多少人都幻想着大牌包包和高档公寓？一个富二代购买一辆跑车不过是他几个月的利润，而一个穷二代购买一套房子，则要穷尽三代人的积蓄，谁更穷奢极欲？谁更坑爹？从这个角度上讲，富二代都是实荣，穷二代才是虚荣。

相比于偶尔进入警法新闻的富二代，穷二代有时更值得警惕，在有些时候，长期陷于贫困和不满，会让人滋长戾气。很多暴力背后都闪现着贫穷的影子，只不过由于我们虚伪的善良而选择不去正视而已，又或者，由于那些与贫穷捆绑的犯罪发生得过于频繁，且毫无戏剧性，所以他们根本就不会被新闻叙述。

愤怒和嫉妒是最容易让我们偏离理性的情绪。当一个群体已经背负污名，我们应该做的不是融入合唱般的谩骂，而是闭上嘴认真检视一下我们的情绪根源。我们得搞清楚，当我们仇恨富二代时，我们究竟仇恨的是什么？

如果精神没有问题，那么你们仇恨的就应该不是财富本身；如果理性尚未完全被驱散，那么仇恨的也应该不是财富在代际间的继承。大多数人所仇恨的是不公平，财富来源的不法途径以及伴随而来的嚣张与跋扈。所以，明白这些，就该知道，我们不能把对于不公平的厌恶迁怒于所有获得了成功的人的头上，这本身是另外一种意义上的不公正。不公平和财富的不法途径是绝对存在的，但大多数人的财富是光明正大的，不要为自己的懒惰、无能和际遇不济寻找借口。

这个时代不存在怀才不遇这回事。如果你长期陷于贫穷，一定是你出了什么问题。除非你生活在一个封闭的山沟，身体残疾，或者处于类似的极端情况，不然，一切都是可以改变的。你当然拿不到油田和土地，无法干上垄断的勾当，但你完全可以比现在更加富有，只要你比现在哪怕多勤奋一点，把咒骂富二代，唠叨社会不公的时间用来工作。

与此同时，还有另外一件事需要明确，一个人的财富无论来自于体力劳动还是资本运作，无论是由于勤奋、机遇、幸运或者继承，都是值得被尊重的。并不只有农民伯伯勤劳地耕种才是唯一值得尊敬的干净劳动。我们接受的一些教育中，资本家和继承者被塑造成了贪婪和压榨他人的形象，但谁都明白，那是不全面的，真相并非如此。所以，醒一醒面对现实吧！你没有找到致富的途经，并不意味着所有富有的人都是从邪路上踏过来的。继承财富也不是罪过。

一个尊重金钱，尊重富有，
保护财富正常代际传递的社会
才是一个正常的社会。
机遇是不平等的，
但机会是普遍存在的。

相比而言，财富其实是开放的，权力才是封闭的。
不要盼望着依靠某种强势的权力劫富济贫，
那样被外力强势干预后，故意扭转的财富分配，
才可能是一个人人被剥夺的可怕图景。

爱一个人是门技术活

06

可能再没有一个词比“爱”更加意味而复杂的了，每个人都在谈论它，它如此烂俗又如此无辜。更多的人只善于把爱挂在嘴边，仿佛这是一件轻而易举之事。

我们总是倾向于认为，爱一个人是每个人都会做的事，无论是一个孩子还是一个成人，表达爱意都是近乎于本能的举动，如同渴了要喝水，饿了会吃饭一样，不需要谁教，更无需学习。我们会自然而然地疼爱我们的子女，倾慕我们的恋人，关心我们的朋友。

对于一个心智正常的人来说，爱一个人确实是一种由本能所生发出的心理需求，施爱和被爱都是健全人格中不可或缺的内容。但是，爱一个人和“会爱”一个人是两回事。前者属于本能中的情绪，后者属于需要习得的技术。几乎每个人都会产生爱意，但并非所有人都懂得如何去爱。

爱一个人是一门技术活。它需要学习，借鉴，揣摩和练习，有时候，它甚至麻烦而琐碎。由于我们过于频繁而稀松地使用这个词汇，“爱”这个字已经变得一点都不值钱，好像它既然可以被如此随意地诉说，被编排进烂俗的流行歌曲，做出这个举动就一定也简单易行似的。实际上，这是个巨大的误解，很多人都因为这样的误解而始终错过了去学习爱一个人的技能，而更多的人可能终其一生也不会想到，爱，其实还是一门技术。他们从未以这个角度思考过这个问题。某种程度上说，这成为很多人陷入灾难性人际关系的原因，但他们并不自知。他们最多只能咕哝着，付出了那么多，从未感动过，之类。这对于双方，都是一件很痛苦的事。

其实这种关系大致不过就分为几类：关爱，恋爱和友爱。这些差不多能涵盖我们生活中所有的正向情感关系。

关爱基本上存在于两辈人之间，父母和子女，长辈与晚辈之类。大多数人倾向于觉得关爱完全不需要怀疑，是人际关系中最纯粹、最本分的爱意。但是，人们出于好的初心，未必能得到一个正向的结果。

有太多事情在告诉我们，在这种关系中，很多人不过是以爱之名,行控制之实,又或者以爱他人的名义,只不过一直是在爱自己。只是，对于这一切，大多数人都没有察觉罢了。只是，有时我们会觉得难受而别扭，但是又不知道哪里出了问题，这种被爱压得无法喘息的事情，通常都是因为对于爱的错误认识或者缺乏爱一个人的基本能力所造成的。

我有一个小外甥，看着他从只能躺在婴儿车里无奈地连翻身都不会，直到现在，到了六七岁讨人嫌的年纪了。如今，只要看到他，他就处于一种到处疯跑，拿着根棍子敲敲这打打那的疯癫状态里，再也没有小时候萌萌的样子。我开始有点烦他，经常念叨起他小时候多可爱之类的事。最初，我觉得自己很爱他，后来，我终于能清醒地承认，其实，我不是爱这个小朋友，我只是爱自己。

一直以来，我都把他当作一个小玩具，像小猫小狗一样可爱的小宠物，小时候可以逗弄他，看着他呆萌的反应就很开心。现在，他长大了，有了自己的意志，不再愿意老老实实伴在我的身边和我沟通，陪我玩耍，于是，我就开始嫌烦。既然是这样，这怎么会叫做爱他呢？对于我来说，和他玩耍就如同看电影、逛街、K歌一样，是一件给我自己带来快乐的活动。我好像很少念及这个小家伙的想法，对于他提出的要求，我大多缺乏耐心。

但如果真的是关爱一个人，我们要做的绝不是看他能给我们自己带来多少乐趣，而是我们能为对方付出多少。爱意中应该有一种心甘情愿的意味，应该让对方开心，哪怕我们必须为此付出更多。但一直以来，我所做的都是相反的。所以，我只不过把爱自己误会成了爱这个小朋友而已。

其实，可能不仅仅是我，有太多的人都沉溺于这样的自我误会当中，并且把这样的误会长期持续了下去。

除了这种误会之外，还有另外一种虚情假爱的存在。我们经常听到一句话，“这不都是为了你好吗。”这句话听起来无私且充满全心全意的付出，但实际上它不是爱，而是一种压迫。这是一种标准的以爱之名，行控制之实的行为，但残酷的是，这种“施爱”的方式似乎是我们生活中最常见的一种。既然，他们能说出“这都是为了你好”，就说明这种行为已经有了强迫的意味，因为只有对方感受到不满，才需要做出这样的解释，以便证明自己出发点的善意。

通常，这种话语被使用在未成年人身上的时候更多，因为孩子年幼不懂事，防止他们做出自己无法承担后果的事。那么我们就必须得承认，这种“为你好”的举动至多算是一种矫正措施，属于管辖的范畴。那么当这种行管辖和干涉之实的行为被用到成年人身上时，为什么还能冠以爱的名义呢？那甚至几乎可以算作一种伤害了。比如，那么多拿着子女的个人信息与照片去公园相亲角为子女相亲的父母，他们口口声声说着，“这都是为了你好。”但实际上，那都是为了他们自己好。是他们觉得单身是一种耻辱，甚至不只是年轻人自己的耻辱，更是作为父母的一块伤疤。他们打着为子女着想的名号，其实是想让自己得以解脱。本质上说，这群人根本不爱他们的子女，他们只爱自己。如果真的爱自己的孩子，怎么会如此践踏孩子的尊严，在一次次被孩子阻拦和反对之后，仍然像贩卖人口和配种一样，去市场进行兜售呢？

大多数时候，遇到这样的事，很少有人愿意真正地反抗。因为无论做什么，你都会发现，有一个叫作“爱”的宏大而铺张的借口，它总能让人哑口无言，百口莫辩。因为那些声称自己正在施与爱的长辈们，总是觉得只要自己的初衷是好的，做事的方法和过程都不应该有一点点被质疑和检视，而收到关怀的人，理应毫无条件地感恩戴德。在这些人心中，只要我爱你，我就有权掌控你，我是主动方，你是被动方，如果你不感恩，你就是冷酷无情。这是条不明是非的、残忍的逻辑链，它把很多人缠绕致死。

除了亲情中的关爱，作为一个成年人，我们会面对恋爱中的关系。男女之情发乎于肉身和内心，前者尚可归因于完全的本能，但后者，出于内心的爱意却是更为复杂的东西。爱情，需要成熟而完整的成年人才能真正应对。但在我们的周围，有很多人其实都是把自己当成了半个或者不完整的人，期待另外一半的出现，然后拼凑整合成一个整体。寻找另外一半是一种文学上的比喻修辞，并不是说，你真的可以不对自己进行完善，而是等待另一半到来之后，二者互相救赎。那样的恋爱关系几乎注定会成为灾难。

恋爱当中的爱，包括理解，宽容，信任，懂得如何面对与自己理想中不符的事情，并且可以把这种落差作为常态接纳，这一切都是需要成熟的心智才能应对的。无论爱情的定义和叙述有多么多样，这些核心的观念是不会改变的。但我们往往做不到这一切，总是把快乐和爱的概念搞混。

几年前，明星李晨还不是如今这个依靠“跑男”翻身的大黑牛，更不是范冰冰的男友，他以“送石男”的面目出现，给相处过的女友送过同样的心形石头。这本身就是一种幼稚的体现，像个孩子一样，把自己认为好的东西送给每一个人，以此来表明自己的爱意。就像小朋友如果能把自己最心爱的奥特曼玩具送给你，那么就是对你最高的礼遇一个道理。他们不懂得应该以对方喜欢的方式去呈现自己的爱意。满足对方的——而不是自己的——心愿，才是真正对对方的爱。所以，作为恋爱中的男女，不能让自己一直保持孩童的心态。我们得让自己成熟起来。

有一部被影迷奉为爱情圭臬的电影系列《爱在黎明破晓前》《爱在日落黄昏时》以及《爱在午夜降临前》，几乎完美叙述了爱情的波峰与波谷。这部电影的拍摄时长横跨 18 年，我们看着两位主角从少不经事到展露皱纹。

最初，男孩和女孩偶然邂逅，在维也纳度过了令人难忘的一晚，他们有着认真却也没人知道能否真的兑现的诺言；九年后，他们重逢在巴黎，男孩成为了作家；又九年过去，他们已经有了一双女儿。他们的爱情从初遇时的毫无负担到最后必须承载着无尽的琐碎，就像电影中呈现的一样，最初男孩儿和女孩儿在维也纳的街头蹦蹦跳跳，充满好奇，而最后一部中，他们一直在乡间小路并排踱步，聊着家常、爱好、彼此的关系，以及女儿的琐事。这几乎就是爱情之爱中应有的样貌，激情会被琐事所取代，但是，他们是两个成熟的人，知道该以怎样不同的心境去对待每一个阶段的人生。

他们之间也会争吵，但并不是羞辱式的，彼此之间没有对对方的强迫，充满尊重，没有牺牲感和付出感，只是一起面对生活。而看看我们的周遭，在爱情关系中，总有一种奇观式的相处模式。我们特别喜欢用刻薄的言辞来表达亲昵，非要用“挨千刀的”去替代“亲爱的”；我们对待陌生人温婉甚至谄媚，但面对最亲近的人，却几进本能地变得凌厉而嚣张；我们都不懂得温柔是表达爱意的最捷径方式，好像对亲近的人温和以待就是一件羞耻的事儿。我们不但如此粗暴地对待恋人，也同样不经意地对待孩子，总是对着不经事的孩子说，“你看别人家谁谁的孩子！”这到底是为什么？如果我们学不会好好说话，我们又有什么资格声称自己懂得如何爱一个人呢？

好了，我们再来说说朋友。友爱，相比于上述两种，似乎是所有人际关系中最没有强制性的一种爱了。但是，在这种朋友关系的爱意之中，我们需要懂得如何把握边界，更需要知道如何与朋友保持大致一样的变化节奏。

并不是说能在一起喝酒撸串的都是哥们儿，彼此陪着逛街、听对方哭诉男友劈腿的都叫闺蜜。友谊中爱意的基础不止于陪伴，还有理解，一种无论父母还是恋人都无法给予的高度的理解。这种状态取决于我们双方成长变化是否可以同步。而身边太多的人，把友情单纯地看作一种信托基金般的东西，觉得有之前的存储，日后的关系一定可以像从前一样美好而长久地保持下去，无需打理，长期自然防腐。如果我们无法理解一个人为什么，以及如何变成后来的样子，我们就无法顺畅地进行沟通，当理解消失，这种关系就只留下一具空壳。

总有人觉得，爱这件事属于感情范畴，既然如此，那么理应是一种浑然天成的东西。这样细致地分析、检视和学习，显得过于算计，似乎有些污蔑了爱这个崇高的词汇。可以理解，人们总是希望自己能在模糊、无需努力却又极度幸运的情况下处于各种爱意的包围之中，而自己也能向周围的人恰到好处地表达心意，一直可以得到父母的关爱，与恋人相处甜蜜，和朋友无间无隙。但哪有那样的事呢？这些美好的感情背后，都是从一件件具体的事，和一次次具体的相处中渗透出来的，而如何待人接物，如何在其中处置情感，这都是需要技术支撑的。如果我们不具备那些技能，大多数时候，总会弄巧成拙。

现在的问题是，没有人告诉我们这一切的背后存在技巧，需要学习，而当我们只是一次次陷入尴尬或者糟糕的人际关系中，除了抱怨,一无所能。我们通常习惯于把所有问题记在别人的账上，但对于自己到底做得如何又从不反思。通常而言，如果一段人际关系很糟糕，那么只能说明，这两个人都缺乏爱的能力和技术。因为哪怕有一个人具备这种技术，也会把关系处理得更好一些。

连烹饪、驾驶、养殖花卉什么的都需要学习那么久，更何况是与一个人相处的技能呢？为什么你就觉得这技能会天然地被每个人都轻易掌握呢？

我们真的需要想一想，怎样才叫爱一个人，而怎样其实是爱自己。如果我们一直把这些搞混，就会一直处于一种莫名的失落、惶惑甚至气愤中不能自拔，因为我们总会发现，别人不会理解自己的付出，每一次你做出拥抱的姿势，却总被别人视作攻击。如果你实在无法判断，就强迫自己抛开所有遮羞的借口，看看你所做的事到底是为了让对方开心，还是只为了满足你自己。并不是说所有爱意都以自我牺牲为必要前提，但很多时候，爱，包含着这层意味。

多项大奖加身的电影大师迈克尔·哈内克曾拍出了那部让很多人为之动容的《爱》，一对老夫妇，原本温文尔雅，热爱艺术和音乐，但是妻子突然中风，一切都迅速坍塌了。再悉心的照料也无法抚慰老人的痛苦，她一次次暗示丈夫帮助自己解脱。最终，老人用枕头捂住了妻子的脸。他的痛苦无人能知，那需要的不只是勇气，而是自己亲手断绝自己的希望，以便满足对方最后一点点对于尊严的渴求。

那是一种太高级又太残酷的爱意，我们不可能达到，而生活中我们也极少会遇到那么冰冷的抉择，更多的时候，我们所面对的都是琐碎的问题。我们能做的其实有很多，最小的事情如果可以做好，很多关系就都能更进一步。比如，不要替别人做决定；学会观察和体会对方的喜怒哀乐，而不是要求对方无条件迁就自己的情绪；用对方喜欢和可以接受的方式谈话和互动，而不是相反；不强迫、要择言、用温和的方式好好说话。

我们要对自己明确，
爱一个人绝对是需要学习和练习的技术活，
要学习如何去爱一个人，
而不是自以为是地认为正在爱着一个人。

彼此独立，才是你和父母间最可靠的关系

07

周围的很多朋友，即便跨过了 30 岁，也仍然处理不好自己与父母的关系。经常会听到各种各样的抱怨和无奈，诉说自己与父母之间的隔阂与争吵，却找不到任何解决办法，似乎这关系就注定陷入一种死循环。等这些人各自成立了家庭，养育了子女，不但没有修复与父母的关系，反而因为更加复杂的生活境况，而让一切变得雪上加霜。他们永远无法理解为什么原本亲昵的两代人，如今却源源不断地对彼此造成着伤害。

其实，原因很简单，因为双方都不够独立。

大多数人都把两代人之间的矛盾习惯性归咎于某些细枝末节的原因,处事与为人的方式、态度之类,但实际上,那些都是表征，最重要的其实要看两代人是否都长成了独立的人。

真正的独立指的不光是经济上的自足，还有精神上的完满。这两个层面，在我周围，鲜见有人能真正做到。

独立，是个很有姿态的词汇，有一种决绝而干脆的质感。但实际上，能做到这一点比说出这个词要难得太多。很多人终其一生也没有搞清楚这两个字中所包含的意义与代价。

独立，意味着与之前的母体割断，然后建立一个崭新的、完整的体系。但更多的人既缺乏与之前母体进行切割的勇气和意愿，更缺乏重建一个新体系的能力。他们被困在了两种状态之间，而更麻烦的是，对于这一切，大多数人并不自知。

不过是近两年，年轻一代才开始更多地提及“原生家庭”这个概念，在此之前，很少有人会用这样的术语来厘清关系。中文里没有被动语态，英文的 be borned 是一种非常精准的表达，我们“被出生”的家庭就是原生家庭。换句话说，那是一个我们无从选择的环境。如同我们无法选择父辈传递给我们的生理基因一样，我们也无法选择原生家庭带给我们的文化基因。

“原生家庭”这个概念的生长，意味着终于有人开始厘清我们与父母的关系，以及我们独自上路后需要重新开始承担的角色，这是独立的第一步。原生家庭是我们生命中最初的营养源，供养我们直到成年。但与此同时，它也是我们身上所有负面因素的滋生地。如果我们承认父辈对我们传递了光亮，我们就必须承认自己也接续着他们身上的暗流。最重要的是，真正健康而成熟的心态是自己清醒地知道，无论是正面的养分还是负面的侵扰，原生家庭与我们都只是一个阶段的重合，有一天，我们有必要，也必须脱离那个母体，重建我们自己。不只是肉身的搬离，更重要的是精神系统的重置。无法做到这一点，你就不是一个真正的成年人。

如今，我们目光所及的很多两代人之间，以及家庭内无法解决的矛盾，其实都是由于当事人没有长大而造成的。

我们的成长过程就像火箭升空，如果没有分离，就一定是什么地方出了问题。而这种分离是双方的事，它需要两代人同样都做好准备。所以说，独立，不是单方面的，它意味着双方都把对方当作独立的人去看待，更把自己当作独立人看待。而我们却习惯了一边呼喊着独立的口号，一边把对方当作自己的附属品。

在我们长大成人的关键点上，父辈总想把子女当成陪伴的宠物加以控制，而当我们长大，却又自然而然地调转了角色，将老人看成是一种必须拴系在腰间的衰弱生物。为了解释和美化这种关系，我们将前者称为“宠爱”，把后者叫做“孝道”。如果我们从未能检视这种古怪的相处模式，又如何能够达成一种彼此尊重而又互不侵犯的生活呢?

铸就一种错误的相处关系，双方都有责任。从子女的角度讲，很多成年子女根本就没有自我成熟的意愿和勇气，他们乐于尽量延长父母对自己的荫庇，把婚姻、生子等等一系列原本应该独自完成的事项一件件托管给父母，并同时把这一切事务当作财产代际转移的机会。在这样的背景下，他们又如何能脱离父母对自己生活的干预呢?

而从父母一辈去看，我们必须承认，至少我们这一代人的父母，他们的成长期所经历的仍然是一个不正常的社会，而那段经历对于他们日后的性格形成造成了难以想象的影响。他们的控制欲来源于他们自己的焦虑感、对于资源匮乏的深刻记忆与恐惧。对于一个无法掌控自己命运，又对未来感到茫然无措的人来说，唯一能把控的，就是比自己弱小，又繁衍自自身的子女。不客气地讲，我们这一代人的父母鲜有合格的，他们出生的时代，以及后来所经历的骤变，对于他们的影响都是难以估量的。有时，我看着路上的老人在机动车道上大义凛然地逆向行走，看着他们在各种电子设备前茫然无措的样子，总会有一种突然蔓延开的悲伤。对于他们来说，这个世界犹如科幻，毫不夸张地说，他们几乎是被突然抛到这个新世界来的，在他们眼中，与他们所成长的时代相比，当今世界给他们的陌生感与冲击和火星似乎并无区别。

面对惶恐与茫然，他们只能用最笨拙和固执的方式去抗衡与对待。所以，在那条骤变的路上，他们对待子女的方式也只能粗暴而决绝。当他们觉得一切都瞬息万变，一切都触不可及，子女就成为了最保险、最实在的东西。在自己的命运开始变得不可捉摸的时候，控制子女就成了他们为数不多的，让自己感到与实体世界安全相连的索道。当初，大多数人甚至从未想过到底该如何为人父母，就已经诞下了孩子。在他们看来，这一切顺理成章，根本不需要准备。但日后，当年的草率一点点显露出后果。他们对世界的判断开始失真，但又毫无办法，只能把那些错误的东西无意识地浇灌到孩子身上。当这些错误意识的水泥渐渐封冻，我们就被困在了其中，终其一生无法解脱。这真是一件令人绝望的事。而作为子女，我们也极少见到真的有勇气和能力去挣脱出来的个体。

既然两代人在潜意识中，合谋出了一种古怪的相处关系，那么矛盾的发生又有什么可慨叹的呢？所以，精神断奶，必须是双向的。

上小学的时候，有一次去小伙伴家里玩，那时候，大家的居住环境还都不太好，他家在院子里盖起了一间小屋，作为我那个小伙伴的房间。他在墙壁上贴上了大大的几个字：独立自主。直到现在，我都还记得那几个字的颜色。他开始需要一种有边界和阻隔的生活，得以规划出一块原生家庭中的飞地，以保证隐私不被侵犯。那是一个孩子开始生发出独立意识的第一次行动。

是的，独立是有一个过程的。从我们思考父权对我们的控制，甚至开始用行动反叛控制的时候起，我们对于独立的寻求就已经开始了。这一切都是从精神独立首先展开的，当我们产生自我意识的时候，就开始考虑自己和周遭的关系。这只是孩童时期迈向独立的第一步。孩子第一次产生“我”的观念，开始有自己的想法，自己挑选食物和衣服，表达自己的好恶，总体上说，这些都会让父母感到开心和骄傲。因为这不但证明了孩子的成长，更重要的是，父母感受到了某种回馈，并且深切地清楚，孩子目前仍是可控的。

渐渐地，青春期来临了。这是一个人成长期间最重要的阀门。从此开始，两代人之间陷入某种拉锯、磨合和接纳的过程。如果调试得当，这段日子对于一个人真正长大成人的心理储备无比重要，它不但让孩子得以做好成熟的准备，也同时让父母一辈调试好角色，明白自己不可能永远扮演子女的主人。双方应该在进退中调试出一种彼此尊重的成年人关系。但悲剧的是，很多中国家庭都卡在了这个关口。

原本，我们经历了青春期的拉锯与磨合之后，都会初步奠定了日后真正得以独立的心理基础。在那之后，我们应该会经历一段更加重要的阶段——一个人独立生活。从某种程度上讲，这更像是一种自我训练，它横跨在原生家庭与日后重新组建的家庭之间。一个人开始从实体意义上面对一切，解决一切。

这个阶段是我们真正拔节生长的时期。那是真实世界第一次铺陈在我们面前，我们开始独自收获美好、承担后果的时期，没有人是你的后盾，你自己才是自己的港湾，不要想着有人为你收拾残局，不要去从事那些你自己无法承担后果的活动。我们只有自己面对过所有伤害、苦痛与快慰，才能真正长大成人，学会如何与他人相处，如何与自己相处，如何度过遭遇，如何通过顺境。这一切没有人能真正帮得到我们，只能自己体验。如果你没有经历这个关口，你就没有真正意义上进入成年。

但问题是，我们的社会，对于这些重要关口，往往从未给予充分的在乎与重视。我们的父母一辈将对儿女的控制尽可能延长，而我们也很少有人愿意去真正抵挡这种以爱之名的剥夺。有太多人从原生家庭直接进入了婚姻家庭，这期间，他们从未经历过自我淬炼，他们以孩童的状态成婚，接着又以孩童的内心状态成为父母，开始复制着他们父辈的悲剧。这其实就是为什么这么多的家庭两代人之间关系如此糟糕的本质原因。他们根本没有能力去应对复杂而真实的人生。

多年以来，我们一直稀里糊涂地处理着人际关系，把自己与父母一辈的冲突、与其他周遭人际关系的不睦，归结到一个个边缘而失真的原因上，但从未想过，这一切都与自己不是一个独立的成年人有关。

上高中的时候，因为青春期的逆反心理，我对于父母和我说的每一句话似乎都很不耐烦。有一次，我妈妈给我房间送东西，我仍然很不耐烦的应付。她突然说了一句话，让我受用至今。她对我说，“你不能在需要我们帮助的时候对我们召之即来，在不需要我们的时候，又要求我们挥之即去。”她说得没错。我们得想清楚独立的代价。

也就是说，无论我们情不情愿，我们都必须承认，到达一定年纪之后，我们只能独自上路，无论前途如何，晦暗不明或者光芒万丈，我们都别无他选。不要总想在不付出任何代价的前提下，让别人替自己完成自己该做的事,也不要为了自己虚幻的安全感，无限期地控制他人。

我们必须逐渐以成年人的姿态来面对这个世界，而不是一直处于某种庇护之下。因为工作、生活、婚姻和生育，这一切都需要以一个成年人的头脑才能处理。我们周围的很多人都只是肉身变为了成人，但头脑却一直困在青春期里。

原生家庭终究会变成一种过去式，我们要学会接受这个现实。

和原生家庭保持应有的距离，并不是遗弃，而是让双方都能独立面对未来。千万不要“孝顺”你的父母，而是请你尊重你的父母，像尊重每一个你认识和不认识的成年人那样。学会倾听，懂得帮助，也要给他们留出空间和余地，与此同时，对于他们以爱之名的干扰，学会说不。

一个孩子，只是出生于这个家庭，而不是
一生都要受制于这个家庭。子女会变成
另外的样子，独立的人，然后组成新的家庭，
这才是正常的社会进化过程。

只是，很多中国家庭始终没有接受这个道理。
什么时候双方都能变成独立的成年人了，然后
再以尊重成年人的态度来对待彼此，什么时候，
关系才能顺畅而健康。而这是一个长期的规训过程。
我们如今可能已经无法改变太多。只是，
如果我们这一辈做了父母，我们自己成为了
一个新生命的原生家庭的时候，不要重蹈覆辙。

结婚这件人生小事

08

并非每个人都适合婚姻。这是需要首先明确的事。

那些广场舞大妈摆着张苦口婆心的脸，揣着颗搬弄是非的心，没事就念叨，“总不能一辈子就一个人吧？”这句话像是一段过气的咒语。她不能一辈子一个人，所以她现在的人生尽头就是带着小孙子去跳广场舞。你大可不必非和她们一样。

婚姻是一件小事。这是第二件需要明确的事。

那些声称结婚是“人生大事”的长辈们，你看到过几个过得好这一生的？所以，该呵呵的时候就尽量呵呵，和重启一样管用。

到了这个年纪，该结婚的都已经结了，想离婚的也都先行一步。剩下那些尚未婚嫁的朋友和同学，经常在群里被人讨论，那些热爱谈论这个话题的人就如同探讨一件国家大事那样，觉得别人的婚姻有一种离自己既遥远又切近的神奇感。被讨论的人浑身焦虑，发起讨论的人一脸兴奋。但是也没见谁真的搞清楚了结婚到底是件怎样的事。我们仍然处于匮乏的焦虑当中，对于任何事都抱持着争抢资源而不是随遇而安的心态，当然，这其中也包括寻找结婚对象这件事。

婚姻，其实不过就是一种人际关系。它不是一种本能需求，和吃饭、喝水、呼吸不同，绝不是每个人都需要的。只不过太多人不懂得这个道理。有些人爱吃辣，有些人爱吃甜，川菜成了主流，人们都逼迫那些吃甜的人找一家川菜馆，办一张终身卡。拉拢你的人觉得自己是在进行救赎的善行，而只有你自己才明白，在用妥协躲过了逼迫的喧嚣之后，你自己却已经开始步入悲剧，可那些表演善良的人们早已讪笑着不知踪影。

我们应该反向地来想想这些问题，就能正向地看清一些道理，比如，如果离婚不意味着失败，那么，结婚就并不象征着人生的成功。那些没事就督促别人赶紧结婚的人，有一种把给人配对儿看成是拨乱反正的古怪价值观。

为什么有那么多人以一种痛心疾首的表情对子女，甚至是八竿子打不着的人逼婚呢？其实，这些人逼迫的未必只是婚姻，他们惯于把一切“不同”逼迫成“相同”。对于从小被规训为必须成为大多数才能躲过劫难的人们来说，所有不同于大多数人的生活方式和选择都会让他们感到恐惧，这些人习惯于一种集体操般的规范，如果谁被标注为特立独行，他们就觉得自己有道德义务去帮助他将生活振回正轨。这是他们骨血里的一道难关。所以，逼婚的那些人并不是在逼迫你，他们只是过不了自己那道坎。他们需要你当一个中介，以完成自我规训的一步。

明白这些之后，我们就会知道，你说服不了他们，但最好也别让他们改变你，所以，呵呵着躲开是最好的方式。不要不好意思。善良并不意味着被摆弄。记着，那些逼迫你过上你不希冀的生活的人，都是坏人，无论他们长得多么慈祥。他们不会为你的未来买单，当有一天你需要自己善后他们在你身上犯下的错误，那些人是不会出现帮你的，只会躲在一边，把你的痛苦当作平庸生活中最鲜嫩的谈资。客观地讲，他们也并非故意如此，只不过他们的习性决定了这样的生活方式罢了。

明白了这一步，你就会摆脱一些烦恼。然后，做做自我评估，看看自己是否适合于婚姻。无论你是否处于一段亲密关系中，都可以问问自己。

结婚，就是两个成年人决定在一起生活，
并分享生活。别无其他。
不要美化它，也无需丑化它。
什么家庭是温柔的港湾，
或者婚姻是爱情的坟墓之类的烂俗比喻，
让它们留在 1990 年代的《知音》杂志上吧！

需要自问的事情包括：第一，你是否可以允许自己的个性被有限度地减损？婚姻从来不是加法，它是一种融合，这决定了在很多事情上，认可这个人际关系的人必须做出妥协。任何一种成功相处的人际关系都是妥协的结果，婚姻也绝不例外。

第二，你想从婚姻中得到什么？有人想依仗一段婚姻关系的加持得到更体面的物质生活，有人想得到安全感和不孤单。无论前者还是后者，都是对婚姻的误会。无论钱财还是温暖，婚姻都无法为你永久达成。解决你财务自由的只有你自己或者和你具备血缘关系的爹妈，婚姻是很亲密，但它溃散起来，会比你想象的彻底得多。这很残忍，但是真相。而要得到不孤单，这连你的爹妈都给不了，只能依靠你自己了，那是一种心理调适的有效机制，需要学习面对和接纳现实，既然如此，婚姻怎么可能给你这套内在的系统呢？

第三，你能给予什么？别以为结婚是一个结局，结完万事大吉。它其实是一个开始，要处理一段崭新的人际关系，必备的技能包括：接纳所有光环破碎的可能；懂得处理琐碎的事；必须耐烦，要明白并不因为关系的亲近，在情绪上就一定同步，你高兴的时候，对方或许正好悲伤，你不想说话的时候，对方却正好兴奋不已，学会接纳和处理好常态性的情绪齿轮错位。

好了，如果你能接受这些，婚姻这种关系还是挺适合你的，如果你完全无法接受，任凭他人怎样置喙，学会对自己负责。

那么，什么时候才适合结婚呢？当你觉得这是一件小事的时候。

中国的文化和传统语境中“人生大事”的这个修辞实在太糟糕了，它的宏大叙述几乎把婚姻所带来的变化夸张地演绎成了一场变故，让人们对于婚姻充满了不切实际的憧憬或者恐惧。

大多数人的适婚年龄差不多正好在自己的转型期，独立和半独立之间，尚未完全褪去青涩，也未彻底变得世故，对于世界才刚看清些轮廓，但对于它真正的样子又懵懵懂懂。这个时候，他们却需要进行一次被称为“人生大事”的选择，而且自己还是这里面无可取代的主角。这种氛围又有多少人愿意被置于其中呢?

婚姻只是一种生活状态的调整，
而不是要你与过去彻底断了联系，
又重新将自己植入崭新的系统里。
它没有这种颠覆性的东西。

你会发现，结婚之后，自己的想法不会产生任何质变，
也更不会多长出一个脑袋。所以，你得在长大的过程中，
逐渐让自己明白，婚姻真的是一件人生小事，
当你不再以一种走向神圣、庄严和自我悲壮化的心态
去面对它的时候，才是你真正适合走入它的时刻。

而有一点很有意思，当你真的觉得那是一件人生小事的时候，从某种程度上来说这才意味着，你变成了一个成年人。

结婚，一定是两个成年人的事，不是法律意义上的年龄的成年，而是心理层面的成年。和法律规定不同，心理成熟每个人因人而异，有人三十岁仍然是个孩子，这一点都不夸张。成年人的

意涵包括：经济独立，精神自立；知道为人处世时的平和，也懂得维护内心的个性；精神内里的边界稳固；有稳定的价值观；懂得享受自由同时明白自律；知道对他人的宽容；对于自己厌恶的人和事，会用合适和体面的方式拒绝；对于热爱的东西，知道自己努力获取而不是要求别人为自己买单。这样的人就不会太差。但仔细看看周围，真的能符合这些的人又有多少？

中国的文化和教育系统，形成了一个灾难性的后果，就是从少年到青春期，从父母、学校到社会都拼命在压抑一个人成为成年人的一切征兆，无论是精神上的规训还是身体层面上的禁欲，都是如此。但达到一个大众认可的适婚年龄后，他们又马上被催熟，仿若一夜之间，他们就必须成为一个精神上成熟，又具备责任感的男女，这又怎么可能呢？

某种程度上说，中国婚姻关系中的很多灾难性的结局，都是这样的病灶留下的后遗症。他们还未能成熟，就被推进了一段需要成熟的心智才能达成的人际关系中。更深层的精神层面的训练姑且不提，说说最实际的生活，除了北上广这几个特殊的移民城市，其他大多数城市中，绝大多数年轻人都缺乏一段独自生活的经历。他们从“原生家庭”直接过渡到“二人家庭”，但独自生活、试错、寻觅、自我矫正，与真实世界独自交手的过程其实无比重要，几近必须，可这段生活被人为地彻底删除了。有时是因为经济原因，有时是因为中国特有的将成年人孩童化的压抑原则。原生家庭亲手造就了某些悲剧的根源，让年轻人没经历过真正拔节生长的过程，就被丢进了婚姻里。某种程度上说，很多中国式婚姻的悲剧，都是两个孩子过家家，不是两个成年人过日子。

婚姻的本质需要一再被强调和理解：两个成年人决定共同生活并分享生活。这意味着，懂得尊重对方，不要试图把对方改变成自己想象中的样子，他是怎样的，结婚后就是怎样的，不要幻想着结婚后他就会改变成你想象中的样子，那是不存在的虚渺幻想，生活要建立在现实之上，不是建立在虚构之上。以及，还要明白，宽容和信任都不再是概念，而是渗透在一件件琐事中的有实质意义的东西。

每一种有捆绑义务的人际关系，都会有一条必然的、指向平淡的下落曲线。这是我们在结婚之初就要清醒做好心理准备的另一件事。永远对一个人保有浓烈的激情是不符合生物进化规律的，大多数时候，两个人的相处，是一件平缓的事情。对于婚姻关系的戏剧化想象，只会让你断裂在热恋和憎恶之间。那不是生活的真相。

从来就没有什么救世主，婚姻更不是。它无法把你从孤单中拯救出来，也无法把不够好的你变得更好。你要做的是先把自己变成一个成年人，让自己足够强大，然后和一个同样是成年人、同样内心强大的人一起生活，才会真的快乐。如果一直是一方拯救一方，一方依赖一方，那叫慈善，不叫婚姻。

婚姻不是必需品，不是生活完满的象征，不是爱情的坟墓，不是温柔的港湾，它就是一种人际关系，一件人生小事。

做父母并不是一件顺其自然的事

09

中国人口中有很多“天经地义的事”，基本上都经不住推敲。比如，男大当婚女大当嫁；再比如，你必须生个孩子。

为什么要孩子？这是很多人从未想过的一个问题。在他们心中，这件事没有其他选项，也无需理由。仔细想想，这真有点可怕。你连在淘宝买件衣服都需要纠结半天，对比很久，生孩子这事情如此重大，难道不需要好好考虑清楚？

所以，“天经地义”这种话在中国语境中基本上是耍无赖的近义词，属于一种在讲不清道理的情况下，还想绑架你心智所用的流氓大杀器。

大多数人要孩子的理由或者干脆点说——借口——大致有三个：传宗接代，老有所依以及弥合夫妻关系。如果我们仔细分析一下这三条理由，就会发现，这几种态度都是对于子女最自私的利用，基本上把孩子当作了投资或者人质。但持有这些观点的人基本上热爱口口声声喊着“父母是最无私的”，这等于一边自己打脸一边给自己加油。

首先说说传宗接代。

人，作为一种哺乳动物，基因深处最大的恐惧之一就是灭种，而抵抗这种终极恐惧的最直接方式就是繁衍。所以，传宗接代是一种人类文化意义上对于抵抗灭种的文艺式叙述。它很具有动物性，没什么可炫耀的。但问题是，我们进化成了一个人，而不是一只动物，那么我们就应该想想，是不是必须要承担这个任务。因为处于人类世界之中，我们具备了繁衍的能力，并不天然意味着我们就可以扮演好父母这个角色。对于生养一个孩子来说，并不只是让他不饿死就算尽了义务。

人具备理性，所以可以反思本能。任何传宗接代的诉求，在当代社会都是一种绑架和强迫，绝无例外。本质上讲，就是将人工具化。这本身很残忍，但是它仍然披着孝道的画皮稳步散发着能量。很多老人把拥有一个孙辈当作人生完满的重要体验，但达成这种完满却需要利用另一个成年人的身体作为介质来完成，这本身就很荒诞。让另一个人满足自己的愿望，以改变对方的一生为代价，并且以一种宏大的道德观为要挟。还有什么比这个逻辑更离奇的吗?

好了，越进入都市文明和现代化，或者说，经济来源愈发与家族脱离关系，这种要挟性的传宗接代观念就会越淡漠和无效。

于是，更多的人想出了一个似乎具有说服力的观点——要孩子为了老有所依。

和传宗接代的粗暴与耍无赖不同，这种观点看似充满人性关切，而且大多数时候，提出这个观点的人都会向你描述一番你暮年之时的末日图景，从病饿无依到孤独凄凉，最终上升到死在屋里无人收尸这样惨绝人寰的场面。以便回到主题，反证出，有了一个孩子，一切就都会不同了，仿佛进门就有热乎的饭菜，出门就有温暖的斜阳，最终在亲人默默垂泪但又满含温存的注视下，无疾而终地在病床上满足地离开人世似的。

很多人就只能依靠自己骗自己活下去，但问题是，你为什么总还试图骗别人呢？人的生老病死无法改变，怎么会因为多了一个子女，所有不堪就都自动变成美好了呢？人类由于进化而产生的本能心理机制就是热爱萌萌的小生命，而对于行将就木的老人产生本能地排斥，这种真相有什么可故意躲闪和不能接受的呢？那些子女给自己带来的安全感都是虚无的。

我们的一生基本上都只能独自体会美好与悲伤，更何况是面对孤独与死亡呢？那哪里是一个子女能够代偿和抚慰的啊？所以，有没有一个孩子，与我们的晚景是否凄凉，根本没有直接关系。提出这种观点的人基本上都是一边进行自我安慰，一边恐吓旁人。大多数人都有孩子，你觉得有多少人是像中老年奶粉广告里那样过着夕阳红的生活的？

我们姑且先抛开这些对于晚景的争议不提，只单独说说这种观点的本质。如果你要孩子的目的是为了对未来养老进行储蓄，那你的生养又算什么行为？从一开始就把你的儿女当作了债券和期权？养育过程无非就是让他们得以进入牛市，以便在自己需要的时候可以随时兑现？这些人一边大声喊着为人父母的无私与奉献，一边又如此自私和苟且，自己撕裂自己，还能那么大言不惭？所以，我们能看到那么多人对着孩子没完没了地告诫，“爸爸妈妈为了你那么辛苦，你可要如何如何……”这真是最无能的父母。是你要孩子来到这个世界，现在又在弱小的他们面前表演含辛茹苦，以便让他们在懵懂中就开始认定自己对于上一辈负有道义上的亏欠。

当老有所依这层理由也被戳破，他们又想出了第三个理由：弥合夫妻关系。那些大姨二姑们经常这样说，“你们夫妻现在有话说，等以后就没有话说了，没有孩子就会离婚。”好啊，那就离婚呗。当两个人的关系发展到只能靠一个第三方来进行弥合的时候，这两个人还有什么可凑合的必要呢？

对于夫妻双方也好，对于孩子也罢，三个人都处于一种凑合的状态当中，这种家庭关系难道是正常的吗？或许在一些人看来，这就是他们心中家庭的样貌，他们就是这样成长起来的。家庭成员之间不是出于陪伴、沟通与爱意，而就是凑合着搭伙过日子，一生都被敷衍、无奈和绝望淹没。对于那些人来说，组成一个家庭，繁衍一个后代，与情感无关，基本上就是一种生存策略。一个不正常的时代和家庭培养了不正常的人，然后这些不正常的人变老了，开始用自己不正常的价值观要求甚至绑架下一代。这基本上是目前很多中国家庭两代人之间的矛盾根源。

要孩子，有外部性原因和内部性原因。一切把孩子当成投机和手段的父母都不值得尊敬。只有当我们对于为人父母这件事只出于内部理由，这一切才是可行的。所以，在你决定成为父母之前，应该问问自己，是否能真的刨除所有外部借口。

很多人都没有真的想清楚亲子关系到底是怎样的。这种关系长期以来被血缘、亲情这一类故意懵懂化的概念遮蔽了真相，或者，从某种意义上来说，人们根本不愿意去厘清。

第一，孩子不是我们生命的延续。这是一个很重要的前提。人类因为必须面对死亡，所以总想寻求永恒。从某种程度上来说，子女成为了错觉和假象，让人们误觉得我们生命中的某些东西可以因此而绵延不绝。但事实不是这样。我们得说服自己面对这个真相。只有认清这个前提才能弄明白第二个道理：孩子不是上一代人未完成部分的修补者。所以，我们没有权利把自己未完成的梦想寄托在他们身上。任何对于他人的强迫都是一桩罪行。

第三，从脱离母体的一瞬开始，孩子就是一个独立的人。年幼时，他们不是我们的宠物，成年后，他们也不是我们炫耀的资本或者耻辱的靶心。他不是一支股票，涨停就是宝贝，跌停就要切割。

第四，他完全有可能变成一个我们不认识，不熟悉，不喜欢，不理解，甚至厌恶的人。这是现实，你只能接纳。更何况，这不才是生命的奥义吗？充满无尽的可能性，而不只是基因无尽和注定的重复。我们的文化中一再强化血缘关系所带来的捆绑义务，却从不强调尊重人的个体完整性。也正是因为这些，很少有父母能跨越那道内心的障碍,把孩子当作一个完整而独立的人去看待,无论他们幼小还是成年。

理论上讲，我们都应该完善自己之后，再与他人产生交互的关系，无论友谊、爱情还是更为复杂的为人父母，都是如此。但问题是，太多时候，我们却本末倒置了，因为无法完善自己，自身又充满问题，所以把他人当成了解决自己问题的寄托与依靠，纵容着自己也伤害着他人。孩子，在这些人眼中就成了安慰剂甚至百忧解，觉得有了孩子一切就都好了。但结果往往很糟。

孩子的出生在很多时候充满偶然,是父母寻求欢愉的副产品,寻求生活安慰的定心丸，晚年生活的投资，等等。但往往就是因为这些偶然与目的性的不堪，他们更愿意用道德化的说辞包裹这一切，把为人父母描述为一种崇高的自我牺牲。其实，我们都应该谨记一点:是父母让孩子来到这个世界上的，孩子无从选择，某种程度上说，这是一件一厢情愿的事，在这个层面上，父母对于下一辈有着哲学意义上的亏欠。

创造一个生命，从某种程度上来说，是人类最接近神明的一刻，并且，在最初的几年间，你几乎就是孩子的上帝。你所给孩子设定的认知体系就是他们认识世界的最基础性坐标系。在他们可以一点点修正、反思自己大脑中的东西之前，在他们具备社会属性之前，你告诉他们乌鸦是白的，雪花是黑的，他们也会深信不疑。

从这个意义上讲，

要孩子这件事真的无比重大，

不要因为孩子都一小坨一小坨，萌萌的，

你们就误会生个孩子和买个小狗小猫差不多。

孩子是我们生命中为数不多的没有回头路的选择。

所以，做出决定之前，慎重再慎重的考虑，

成为父母之后，举重若轻地与孩子相处，

把他们看做独立的生命，

别因为呵护而忘记了尊重他们的独立与完整。

而不是相反，毫无理性的繁衍，

然后在遇到所有意想不到的困难时，

都把一切归咎于那个无辜的生命。

人人谈论二胎的时候，我和父母聊了聊为什么做丁克

10

宣布二胎放开的那段时间，几乎每个人都在谈论这个话题。有人欣慰自己恰逢其时，有人决定最后一搏。各种讨论中弥漫着一种令人心酸的悲壮。对着电视里正在做出各种解读的专家脸，我却决定和我父母聊一聊我为什么选择做丁克。

我决定不要孩子，是一件确定已久的事。其实，在很早以前，我就知道我会做出这样的选择，那基于我的世界观和我对自己清醒的认识。只不过那时候我还小，几乎没人把我的话当真。从小，我就一直处于这种尴尬的情境之中，我一次次认真地告诉周围的人们我真实的、深思熟虑后的想法，但他们从来不屑一顾。然后多年之后，他们发现我一次次兑现了之前说过的话，又都变得默不作声或者顾左右而言他起来。基于这种经历，我已经很少

对旁人认真谈论一个问题或者袒露心声。我只是按照自己的想法去做就是了，可能，这就是所谓的成熟啊！

对于我和我太太不要孩子的选择，我父母是知道的，而且从一开始，他们就知道我们是认真的。我明白，他们对此有些无奈。那一代人总天然地觉得应该过一种大多数的生活，所谓到了什么年纪就做什么事。他们的成长经历告诉他们，一切不需要自己筛选。所以，对于我的众多旁逸斜出的生活选择，他们一直都不明就里。

那一阵，二胎的话题铺天盖地，我和父母聊天时话赶话地聊到了这些，我决定和他们说说我的想法。说真的，和他们聊这些，有一部分原因是出于对他们的同情。这个瞬息万变的世界，对他们来说，过于科幻，即便他们想融入这个时代，甚至都找不到链接的入口。他们从未强迫我做过什么，包括我不要孩子的选择，他们也只能无奈地接受。因为他们知道，以我的性格，很多事情，我是不可能被他人左右的。我虽然不觉得我有义务向他们阐明我的世界观和我所有的人生选择，但作为一个儿子，从感情的角度上讲，我想试着让他们了解我到底想了些什么，即便他们永远都无法真的理解。

我清楚，和他们讨论这个话题，将是一件沟通成本很高的事情。我们这一代人和上一代人缺乏必要的沟通，这状况已经持续很久了。不知道有多少人和我有同样的感受，我们和父母其实根本没有做过深入的，言之有物的交流。所有谈话都在互相问候身体和嘱咐好好吃饭中被敷衍过去了。

所以，我试着从最简单的角度开始讲。

我说，对于选择做丁克，有三分之一物质原因和三分之二精神原因。我觉得我和你们讨论精神原因有点困难，我先说说钱。这件事你们能听得懂，我们试试看。

我觉得我并不具备养育一个孩子的物质能力，当然，是以我的标准。我的标准或许有点高，但我也没有办法，这些标准都是出自我内心的衡量，与他人和世界的平均值没关系。就像有人可以安贫乐道，有人注定穷奢极欲。这没有办法。我内心的基线是给一个子女极度的物质安全，乃至于任何我能预见的生活波澜都不会影响到他们未来生活的那种程度。这一点，我做不到。

我的父母理所当然地不能理解我的观点。不要说这种上升到安全感的物质保障，连这个世界如今的真实价格，他们可能都未必了解。我们生活在同一个物理空间中，但实际上，我们内心不同的插件决定了彼此对一些事物永远自动屏蔽。我对他们讲了讲一个孩子现在大致需要花费的钱。经过短暂的沉默之后，他们对我说出了那句一切通吃的话——比上不足比下有余。这句话翻译一下的意思就是：你往下看看，一切就都可以接受了。

这种糟糕的想法与他们那一代人的经历有关，他们的前半生基本上没有机会选择自己的生活，只能以此进行自我安慰。但这些作为一种文化基因被延续了下来，直到当下。我问我爸，你想过如果有一个孩子，就需要有更大的房子、更多的钱作为准备吗？我爸看着我说，“说实话，我没想过，我觉得随遇而安。”

我听到这个仙风道骨的成语之后，感到了一种复杂的情绪，间或着无奈、绝望和有点想苦笑。一个成年人，一个做父亲的成年人，在中国，你根本就没有资格说出“随遇而安”这样的话。这真的挺残忍的，但我们处于这个环境，没什么办法。我当然明白，云淡风轻没什么不好，但问题在于，我们的生活几乎如同战场，所有人都在狂奔，你停下来享受岁月静好，唯一的结果就是等着被流弹击中。除非你去往其他地方，躲开这个战场，不然，你就只能被迫参战。这就是我们过得如此辛苦的原因。我父亲的那种想法在我看来，等于自动成为炮灰。

我是一个很独立的人，按照自己的价值观，我成年之后再没和父母发生过任何经济上的往来，而且我觉得这理所应当。我听到我爸说出那句“随遇而安”的时候，我突然明白了我们价值观错位的幽微之处。在他们心中，养育一个孩子并不是一件需要准备、计划、详细考量的事。对他们来说，我的降生几乎就是一件“随遇而安”的事，突然降临，让他们莫名地开心。他们从未想过，日后的生活会有怎样的改变，应该做出怎样的准备。多年之后，我的朋友们开始陆续为人父母，我开始听到了一些正常的声音，比如在惊喜之余也有惊慌，他们会更多地考量一个生命对于未来生活的影响，而不是只知道傻乎乎地怀揣着惊喜等待宝贝降生。

我和父母说起，如果建立不起基本的准备，要孩子是一件不可想象的事。他们说，你就还是不想负责任。我只能笑笑，心里想，其实你们才是真的不负责任。

我降生的时候，我父亲 27 岁，我母亲 24 岁。即便放到如今，这年纪也只是两个大孩子，更何况当时，他们那一代人因为特殊情况度过了很非常态的青春。他们哪里有能力为自己、为孩子的未来负责任呢?

与现在不同的是，他们年轻的时候所处的环境，是一种极度具有坚固感的氛围，一切都是国营的，一切都被安排好，直到生命尽头，所有人就像一株植物一样终生固定在一个地方。除了极个别嗅觉敏锐的人，真的看到了注定变化的微妙迹象，其余更多的人，都觉得他们的生活会一直这样坚固下去。

小时候，我住在一个院子里，几家邻居都是那种所谓的其乐融融的样子,我和邻居家的小姐姐小弟弟拿着粉笔在胡同里画画，到处疯跑，谁家包了饺子都互相给对门送一碗。凡是在北方城市里长大的孩子，和我差不多年纪的话，应该都有类似的经验。

我清楚得记得，在我读小学之前的那段时光，我每天都有新玩具，真的几乎是每天。我妈妈每天下班的时候，带着一样又一样五彩斑斓的玩具放到我面前，从小汽车到儿童保龄球，我从不觉得有趣也从不需要珍惜，因为过几天总会出现另一个崭新的玩具。后来我才知道，那些玩具都是他们单位工会发放给有孩子的家庭的，共享，随便拿回家，不定期交回并交换就可以。直到多年后，我读了小学，市场经济才伴随着变形金刚降临到我们身边，有的小朋友可以得到巨大的金属擎天柱，有的，就只能拿着个塑料的大黄蜂。但那些都是后话了。

所以，以我父母的经验来说，为人父母这件事根本就不需要考量成本，无论是物质成本还是精神成本。作为一个 80 后，我们出生的时候连市场经济都尚未被合法化，我父母那一代人，大家当时的情况基本上都差不多。所以，他们无法理解，所谓的“起跑线”到底是一种怎样的东西。他们不知道当下这个世界，有些人一出生就已经输了，有些人一出生就已经赢了。即便他们从新闻、网络看到这些，但超越经验的东西对他们来说并不能感同身受。

所以，我清楚，和他们探讨超越经验的话题，有时基本是无效的。但我还是试着给他们继续讲了讲。

当我对他们说出物质成本和精神成本的时候，我父亲给我的回答是，我过于理性和冷静。这个回答很有意思。难道人面对一个如此重大的变化和抉择的时候，不应该最大可能地保持理性和冷静吗？按照他的逻辑反推，也就是说当年他们生下我的时候是感性和冲动的。至于如何应对感性的后果，那是之后的事。这件事在我如今听起来，像个残忍的玩笑。

有一次我在蓝色港湾的一家玩具店里，看到一个小朋友站在一整面墙的玩具前，表情就像发现了一座宝藏一样，但他不管挑选哪个都被妈妈拒绝，以各种理由。我突然在想，如果我面对我的孩子，我会如何拒绝他的要求。我觉得自己根本说不出拒绝的话。换句话说，如果因为我个人能力的缺失，我无法满足一个孩子的正当的，或者哪怕带有一点撒娇性质的物质需求，我几乎无法原谅自己。

我们在生活中发明出了众多有关品格的格言，以此证明自己的高远。我们喜欢对孩子讲述一些道理。但问题在于，讲述那些诸如勤俭之类的美德时，有两种情况：一种是我们真的可以满足子女所有的物质愿望，但出于教养的原因，我要让他明白，这个世界并不是你唾手可得的，而是需要你去努力和争取，即便如此还是会有遗憾。那是一种纯粹意义上的人格养成。还有另一种，是我根本没能力满足你那些体面的物质要求，为了掩盖自己的无能为力，把所谓的美德当作了一种遮掩。现实生活中，大多数人其实是后者。一直对孩子讲述着连自己都不相信的道理，我做不到这些。我对孩子讲出的话，我自己需要首先真心相信。

关于物质的部分，不过就是如此，对待这件事，有点像对待自己的身材，有些人怎样都还不满意，有些人总能得过且过。可能我对这一切的要求高了一些，而我的父母更无所谓一些。但无论怎样，关于物质基础的这部分，是他们大致能理解的。而有关精神的部分，或许更麻烦。

精神成本，这件事对于我父母那一代人来说有点过于矫情。但对我们来讲，与一个孩子相处、陪伴、沟通是一件无比重要也十分正常、必须的事，这需要付出巨大的耐心和精力。我的朋友们有很多把工作之外的所有时间都用来陪伴孩子，即便如此，也有超过半数的妈妈无奈地选择了辞职。因为以我们当下的工作和生活节奏来看，根本不可能有充足的时间，有质量地与孩子相处。

当然，我周围也有一些生而不养的人，他们把孩子丢给自己的父母看管，重复着自己儿时扭曲的生活方式。残忍一点讲，我们小时候像被豢养的小动物一样长大，父母从未考虑过我们的精神世界。这不怪他们，因为那是连他们自己都不知道的事，又如何能传递给孩子呢?

我认真审视过我自己，我知道，在精神成本这件事上，我一点都不愿意付出。我认真考量了自己的性格、耐心和对未来的打算，让我把时间献给一个孩子，我是做不到的。我计算过，我陪伴我小外甥玩耍的极限时长为三个小时，再长，我就感到崩溃了。我最无法接受的是吵闹的环境，和无法沟通的对象，而这两样东西就是孩子的最基本特性。

其实有太多人都和我一样，只不过，他们没有像我一样选择而已。每天都能看到众多被祖辈带着玩耍的孩子，每当看到这些，我都在想，这群缺少父母陪伴的孩子长大之后，人格怎么可能健全呢？我们这一代人很多就是被祖辈养大的，如今繁衍了下一代，却仍然在复制自己的悲剧。这到底是为什么呢？

我自己在童年，一直是被爷爷奶奶带大的，从未去过幼儿园。在当时的语境下，去往幼儿园不是接受教育和融入社交，而是一种无奈的选择。是因为家里无人帮着带孩子，才不得已要去的一个机构。而我的奶奶有能力带我，所以我就不必去了。好像，当时我的父母还想着让我去幼儿园的，可以和同龄人多多接触，为此，两代人之间好像还吵了一架，最后以老人获胜作为结果。在我的记忆中，我极少和父母一起外出吃饭，他们也几乎没带我去过电影院，我也根本没有那种一家人在一起陪伴和沟通的记忆。

迄今为止，我的父母也没觉得这样的亲子关系有什么不妥，因为周围大多数人都是这样过的。直到这次聊天，我和他们说起这些，他们才有点意识到，一个家庭，两代人之间，至少在孩子的童年时期，不应该是那样粗略甚至粗糙地度过的。

或许我对于生活中一些事情的要求比较高，或许也并非如此，但是无论怎样，以我的标准去看，周围的很多人，他们选择为人父母都是个草率的决定。理论上讲，我们都应该在具备了真正完整的能力之后再去做一件事，但是我们为人父母的欲望却不会因为自己的能力尚未储备好，就不会滋长。这一点很麻烦，所以，很多人顺从了这种本能之后，陷入了愈发慌乱和糟糕的生活。比如，在我父母看来，不能在能力不具备的时候去购买一件奢侈品，但是却可以在能力不具备的时候要一个孩子。我根本无法参透这种逻辑。

说到这里，我决定把我父母完全理解不了的那部分也和他们说说。我说，剩下的内容可能有点哲学化，估计你们听不懂。我爸说，你把它说得世俗化一点，不就行了吗？我想了想，觉得也未必世俗化得到哪里去。

“我觉得人不能创造人。只有神可以。”我对我爸说，“你能懂吗？”我爸装模作样若有所思地点头。我妈说，“不懂。”

人的出生是一件很荒诞的事。我们自己无法决定是否要来到这世上，只能在别人的决定中展开一段生命。从我个人的价值观来讲，这属于一种强迫，是我的个人意志决定了一个人的生，本质上讲，比由于我的个人意志决定了一个人的死，更加残忍。这属于世界观的问题。懂的人秒懂，不懂的人恒不懂。注定有人深以为然，有人斥为歪理邪说。但没办法，我就是如此看待生命这件事的。我绝不强迫要求别人必须认可我的观点，但也同样没办法屈从于别人。我知道，这种近乎哲学层面的思考对于大多数人来说没什么意义，所以我几乎从未和人谈及过这些。这样的思考，对我来说有些私密。

或许这个观点有点过于高冷了，以至于我父母听过之后在短时间内都未置可否。所以，我决定降格以求，说一点稍微不那么玄妙的东西。

我一直觉得，一个人最起码要先能对自己
解释清楚这个世界，才可以对一个孩子解释一切。
但我对于这个世界尚存太多疑惑，
我自己就像站在迷宫中一般，
我根本没办法想象我如何对孩子解释这些。
人心、人性的幽微，世界的善意与恶意，
每个人的差异与运气，一切公平与不公……
对于这一切，其实，我有自己的结论。在我心里，
这世界无常又缥缈，毫无意义感，一切不过就是一段过程。
很多人觉得我这种想法悲观而消极，其实，
在现实生活中，我比更多的人都乐观又积极。
我被扔到这个世界上，必须用一些方法化解焦虑，
但我不想已经明白了这些之后，再自己创造一个生命，
让他重复体验一次无常的轮回。
总体而言，这世界上的欢愉与美意抵消不了那些
无常与悲苦，只不过，我们自己的生物机能

让我们品尝到了一点点甜蜜就忘记了普遍的悲伤。

我自己不想再造就一次空幻的起源。

这些困境和终极意义，在大多数人看来无关紧要，但对我来说，它很重要。这是我一切的精神基础，这一关如果我说服不了自己，后续的事，我根本无法进行。

刨除这些过于虚无、哲学化和普遍困境的东西，我所生活的这个国家还有很多特有的让我无法解释的内容，比如，我该如何向孩子解释天空的颜色，空气的味道？为什么从上小学的课间开始，就不得不在大喇叭的吼叫下集体扭动出同样的动作？为什么在青春期的时候不能谈恋爱？为什么在最爱美的年纪里不能把自己打扮得漂亮……

我不止听一个朋友说起，为了让孩子能进入幼儿园，从妈妈刚刚怀孕开始，他们就跑去幼儿园排队报名，最终仍然空手而归。我见过太多人为了孩子读书、升学，无论家长还是孩子都一次次放下所有尊严的样子。那真是一种耻辱。这样的状态反射到孩子的心里，我不相信他们会真的健康。

中国当下的状态蓬勃，复杂也危机重重，它更适合有野心的、既热爱冒险又热衷享乐的成年人，但它不适于让一个孩子慢慢成长，这里的一切太芜杂也太喧闹，这里发生的很多事推翻了我们书本中的太多道理。我无法面对孩子问出的为什么。

我认为孩子应该在一个多元化的环境中生长，然后慢慢形成自己的价值观，寻找自己喜欢的生活方式，过一种不被强迫的生活。那应该是一个温柔的、广袤的、友善的，并且允许试错的世界，但问题是，我能给他的这个世界过于逼仄、狭窄而粗暴。

我们作为人类史上唯一一代独生子女，我们的家庭结构非常奇特，这导致了我们父母的心态也变得奇特。因为大多数家庭中，已经 30 年没有出现过婴儿了。这决定了老人们对于一个新生命的渴望程度是超乎常态的。所以，很多人逼迫自己的子女生育孩子，有时是出于自身欲望和焦虑的投射。

我们每天都在对生活疲于应付，连自己的生活都没有完全建立好，就开始进行一次充满不确定性的生养。很多人莫名地觉得，有了孩子，一切就都好了。这是失败者典型的自我安慰。一个懒惰的人，做了父母仍然还是懒惰的人；一个没有任何责任心的人，做了父母仍然不会建立责任感。如果孩子就是解决方案，这世界上 90% 的人都为人父母，为什么那些人仍然那么糟糕？这又怎么解释？

我父母对我说，你太悲观。其实，我一点都不悲观，我只是面对现实。这世界上没有悲观的人，只有故作乐观的和面对现实的人。

聊到最后，我爸觉得我讲的这一切，他无法反驳也无法认同。于是说，你就是不想负责任呗。我父母那一辈人中间，有很多对于我的选择都会说出这句话。这一点特别有意思。我从未听过我的同龄人有这样的评价。[illegible]是因为我们知道不要随意评价别人，另外，我们也更清醒地知道怎样做才是真的有责任感，怎样做其实是自以为有责任感。我和同龄人可以在同一语境基础上对话，而我和父母，不是。

同样，有很多长辈听到我的选择，都会觉得我不爱孩子，其实，我挺喜欢孩子的，至少和其他为人父母的人喜欢的程度差不多。只不过我知道，我自己喜欢他们是因为生物本能对于萌萌的小动物的热爱，再无其他，我没办法因为这样低层次的喜爱就让他们来到这个我觉得无比困惑的世界上。我觉得如果那样做了，近乎是一种罪责。

无论怎样，这些都是个人选择的问题。更多的人终将为人父母，以所谓的顺其自然的态度。其中有一些人，他们真的适合扮演那个角色，他们有耐心，有时间，有精力，有物质基础，懂得取舍和妥协，知道未来会是怎样的，也知道自己能为孩子做出那些抵挡。但有一些人，他们的孩子刚刚降生，我就已经看到了某些不堪的东西正在败露。

我仍然无比尊重其他人为人父母的选择，他们有自己的辛苦与快慰。我只是不能做出同样的选择而已。我衡量了自己的所有情况，我清醒地知道，自己不适合成为一个父亲，就像有些人不适合做运动员，有些人不适合做老师一样。我们人生中的很多角色，并非到了一定年纪就非得自动适合地去做。如果我们能用理性做出判断，其实可以避免很多悲剧的发生。我不想造就悲剧。

有朋友曾经问过我，这世界上你最无法接受的事是什么？我说，有人叫我爸爸。也总会有人善意地问起选择做丁克的原因，通常我都会随意说说，懒啊，养不起啊，没责任心啊，为了自由啊之类。我觉得对方也听得出我是在敷衍他们。以我的年纪和性格，我已经没有必要，更没有义务去对旁人解释我的生活选择了。我和我父母说起这些，这是第一次，估计也是最后一次。我有我的快乐和代价，我自己收割，自己承受。

迷 茫 的 拐 点

人成长或者说衰老的过程，

就是一个可能性不断减少的过程。

你总需要在年轻的时候，

在可能性接近于无限的时候，

去尝试尚未经历过的一些东西。

坏女孩北上广，好女孩回故乡？

11

去往北上广，还是回故乡？这个问题让很多年轻人焦虑到不知所措。这是一种抉择，但我们的教育系统却似乎从未教授过你该如何去面对生活里的这类重大选项。他们更愿意逼迫你准确地开根号和背诵元素周期表，而不是告诉你该如何把握自己的生活与未来。实际上，真的进入社会之后，你才会恍然发现，之前学到的那些“知识”基本是失效的，生活里到处布满抉择的陷阱，远比试卷上的四个选项难以招架得多。

最初，年轻人义无反顾地投奔大城市，就如同这世上再没有其他驿站可供停留似的；不久，这群人又毅然决然地返回出生地，脸上覆盖着和他们当年奔赴北上广时一样的坚毅神情。总体而言，他们是被外部的声音鼓动着做出选择的。如果真的彻底想清楚了，也不会有如此仓皇而焦虑的迁徙。

这群奔突的年轻人一直在为别人的观点买单。但实际上，在面对这样抉择的时刻，我们应该认真、理性地想几个问题：第一，我们自己想要什么，怎样的生活才是自己觉得满意的？第二，我们得判断，这座将来要长期生活下去的城市能给我们带来什么？第三，我们需要评估，自己的能力能为这座城市提供什么——不是奉献——而是认真评判我们掌握的技能是否可以保证自己在这里安身立命；最后，我们要想清楚代价。任何抉择都是有代价的，所以，我们必须评估自己能否承担代价中最沉重的部分。这四个问题，一旦自己想清楚了，别人的观点就再也不会干扰到你。

有的人想要的就是安稳，希望自己今天的样子就是生命终点的样子。但有的人想要的就是“无限的可能性”，那会让你觉得刺激而充满希望。这是两种选择，就如同爱吃甜还是爱吃辣一样，本质上，它们不具备高下之别。想清楚你自己是哪一种，前者更适合小城，后者更适合北上广。

想清楚自己，那么我们看看大城和小城能给我们带来什么？一线城市的吸引力来自于对规则的尊重；以能力而不是资历、背景去判断一个人；它更尊重生活方式和文化的多元化选择；它有丰富的公共生活和以尊重隐私为前提的人际关系；它每天都充满变化，你总会见到不同的人和事。

那么小城呢？它内向、安稳、羞涩，人际关系的亲疏更倾向于对血缘和地缘的依赖，它不会发生剧烈的改变，一切都安全、可控。如果你性格独立，喜欢冒险，愿意为了某种不确定的未来而奋斗，享受那个过程，担得住后果也享得了喜悦，对“不同”

的人与事抱有好奇，那么北上广是个非常好的选择。如若相反，那么你就需要把自己安放进一座小城。

对于很多人来说，自我评估可能是最难的一件事情。因为我们的教育体系，只在一个真空环境内传授“术”，却从来没有让我们用更宏大的知识和文化系统来检视我们自己，也从未教授过我们该如何判断“我”与世界之间的关系。其实，遇到这种情况，效率最高的方式就是把一切简单化。首先想想，你最想从事的、同时又是可以当作职业的是什么？然后，对比一下小城和大城哪里可以为你提供更多和更靠谱的可能性。之后，评估你所掌握的技能是否可以应对这项工作。在你的兴趣支撑和能力应对的基础上，在未来可见的时间中能否为自己赢得增值的空间。如果这个工作选项是长期选择，那么你可以看一看，这个系统中做得最好的、最差的以及基本面是什么样貌。如果你目前的选择是过渡性的，那么你如何抵达你真正想从事的那些工作呢？这中间的计划是什么？如果这座城市有众多可以满足你选项的工作，并且可以支撑你向下一个目标进阶，那么你可以放心留在这里，如果不能，还是离开吧。

好了，说说代价。乐观的人总热爱考虑最好的结果，但做出抉择，尤其是重大抉择的时候，最应该做的，其实恰恰就是要看清最差的结局。如果你能承担这个结局，那么就去做吧。

我们看看北上广和小城的负面都有什么？在大城市，或许你不得不居住在逼仄的空间里，忍受漫长而压抑的通勤过程，感知令你绝望的贫富差距，你的梦想最终可能会沦为白日梦，成功是个传说，斗志无法在短期内变现，现实像温水煮青蛙般吞没你。而去往小城，你就必须面对盘根错节的“关系”，服从“背景”比能力更重要的潜规则，放弃让别人尊重你隐私的不切实的幻想，公共空间、多元文化和个性在这里是个笑话。这大致上，就是两种抉择的代价，认真想一想，到底哪一种更无法承受。然后，选择就摆在那儿。

中国人有一种“团体操综合征”，人们总是习惯于在同一个时期做出同一种姿势，来维系自己脆弱的安全感。流行去大城闯荡，所有人都一拥而上；“逃离北上广”的口号一起，同样一群人又开始回撤。在经历了大城市拼搏中一点点挫折之后，他们突然间就觉得小城似乎像一个温婉可人的娃娃亲对象一样，一直默默等待自己的归期，但自己却一直负心地流浪在外，乐不思蜀。他们带着某种愧疚、失落和落叶归根的莫名悲壮感回到故乡，然后因为完全无法适应，又再次陷入焦虑的死循环。那句过气的句子十分适用于一些在大城和小城之间踌躇的人们。“我们出发得太久，以至于忘记了出发的目的。”你经历了一点点挫折，就开始把曾经尽力要逃离的一切当作了最温暖的东西，想要拼命拥抱。其实，那不过是暂时逃避残酷现实和躲避焦虑的应激性反应而已。

北上广没有你们想得那么好，小城也没有你们想得那么糟，或者反过来说，也同样成立。关键看你适合哪里。你是仙人掌就不能泡在水里，不是吗？北上广向你敞开的是机会，并不允诺你一定会成功；小城的诱惑来自记忆中的妥帖，但并不代表你回归之后就注定坐拥一切。

如果你认真考虑了上面的那几个问题，仍然没有答案。

那么，你完全可以去往北上广试一试。

人成长或者说衰老的过程，

就是一个可能性不断减少的过程。

你总需要在年轻的时候，

在可能性接近于无限的时候，

去尝试尚未经历过的一些东西。

有时，你可能会让自己惊艳，

或许，你也能让自己彻底清醒。

我们要明白，我们不是一株植物，

我们可以改变，不一定非要种植在一块泥土里终其一生。

我们得清楚，任何一个地方，你从远处观看它，它都曼妙动人，但当你沉浸于它，它总会变得庸常不堪。你做选择之前，总是因为那些美好，但你要担得住美好破碎后的真相。小城没有田园牧歌，也绝不是岁月静好，那里也同样充满污浊的人心和转型期更加不堪的残迹，你即使回到那里，未必就能满足你归隐田园的想象；大城也未必就只有奢华和冷漠，人心不古，你不会仅仅因为工作于北上广，就天然闪烁着与众不同的格调。

找到一个合适的位置，开始生活，面对一个问题，解决一个问题。尽量把自己变得强大一点，再强大一点。你能给这座城市创造更多的价值，你就会得到更多的东西。你和任何一座城市都互不相欠，它没有义务天然保证你的舒适。每个人光鲜的背后都各自在承受各自的代价，他们在朋友圈发发笑脸和美食，这并不意味着他们的心里就没有悲伤，只是，他们没有悲伤地坐在你身旁。

你的时间都去哪儿了？

12

有朋友开玩笑说，每天三省吾身的时候都要问自己三个具有终极意义的问题：我是谁？我从哪里来？以及，我的钱都花到哪去了？这引起很多人有共鸣地补充，这种级别的哲学命题还包括：我的时间都去哪了？那首一度火爆的歌很矫情，但也确实问出了很多人想不清楚的问题。

为什么我们的时间总是不够用？

先说说我们谈论的“时间”具体指的是什么。绝大多数人的生活都差不多，有很多“不得不”做的事，比如工作。所以，我们谈论“时间”这个概念时，基本是指剔除了这类事情之后，从生存调头转入生活的那部分时间。如果不是刻意压缩，我们每个人睡觉、吃饭、工作、通勤会占据一天中的绝大部分时间。然后留给我们的不过五六个小时。而人和人的差异也就体现在这短暂的时间段当中。

对于这段相对自由的可支配时间，有的人是享用的，有的人是度过的，而有的人是耗费掉的。其实，有个很简单的判断方法，就是当你回想这天当中的每个时段你都做了些什么，如果你无法明晰地说出具体的事务与感受，那基本上就说明你把那段时间耗费过去了。

所以，我们有必要先聊聊“消耗感”这件事。

所谓的消耗感，不过就是在浑浑噩噩当中不知不觉把时间混过去的感受。想想有点可怕，这种状态让你感觉挫败，但又成为了很多人的常态，既不知道该如何摆脱，甚或都没能发觉自己沉陷其中。之所以如此，无非是因为人们觉得在工作时间之外，“无所事事”是一种最简易、最直接的休息方式。人们不愿意再去花费时间安排那段空闲的时间，任凭用各种无聊的饭局或者独自发呆填充了事。但实际上，这种状态只是表面上看起来很放松，实质则完全没有达成任何缓解压力的效果，这也就是为什么通常你都会愈发觉得疲倦的原因。

当一个人感受到快乐、安慰一类的正向情绪回馈时，他才会产生充盈的感受。而无谓的消耗感几乎是所有负面情绪的根源。

从两三年前开始，我做了个改变，如果没有什么特别重要和必须的事情，我拒绝把应酬类的饭局安排在晚上，这样做无非就是为了更有效地管理时间。每次有人约我谈事，我都会在工作地点附近约午饭。你会发现，绝大多数事情，你在一个半小时内绝对可以谈妥，如果无法谈妥的，只能说明这根本不是一件可以在如此短时间内仓促决定的事，那就需要另作计划。更重要的是，因为下午大家都有其他工作安排，所以对于时间都会本能地很珍惜，效率无意间会变得很高，人们都会直奔主题，切割掉所有不必要的寒暄与闲聊。而如果约到晚上，时间就会近乎不可避免地失控。人的生物钟很奇特，在不同的时间段，会产生完全不同的对于时间的感受，尤其是下班之后的晚饭，在一种终于解脱的氛围与情境之中，我们总有一种报复性的放松状态，会面总会被无限拉长，要谈的事情却仍然还只是那一点点，但毛茸茸的外延已经不知道扩散到什么地方去了。

现在，无主题的纯闲聊饭局，我已经极少参加了。虽然之前也经历过不好意思拒绝邀约的阶段，但现在拒绝起来已经毫无压力，更何况你早已经确认，当你拒绝了那些之后，其实根本不会失去任何东西。

刚刚开始工作的那一阵，很多人教导我，一定要多接触不同的人。我谨遵教诲地参加了无数应酬，只要有活动的邀约，我都带着名片奉陪到底，要主动和人家“认识一下”。后来，我逐渐发现，这样做，失去的比得到的多得多。客观地讲，除非是一些特别需要用应酬维系关系的职业，或许必须把这一切当作常态来对待，因为你毕竟颠簸不破中国特殊文化的框定，除此之外的大多数工作，你完全没有必要把自己彻底变成一个社交动物。

人脉和资源这些术语害了很多人。不要以为你去参加一个个局，你就拥有了所谓的人脉，如果你本身一直对他人是“无用”的，一直以 nobody 的身份参加各类应酬，你仍然一直只会是 nobody。

那一类社交性饭局其实很实际，就是一种资源交互，你没有可以提供的资源，对方的资源也就不会倾斜到你身上。不要以为多参加几次，就会改变这种平衡。人们要的是你能供给的内容，而不是看你的酒局出勤率。你更应该做的，其实是把那些应酬的时间和社交的热情省下来，用来完善自己，当你自己变得强大，就会发现，很多事情会主动来找你。我们骗得了别人，但终究瞒不过自己，参加那些活动最终得到的效果，我们心知肚明。不知道有多少人，在众声喧哗的饭局上会产生一种很难言说的疏离感，至少，我不止一次见到过那种尴尬的表情。

对于很多人来说，参加这种活动其实是为了进入一种幻象，让自己觉得没有被人群抛弃，自己仍然处于“社交圈之中”，这是一种人际关系的储蓄，在今后需要的时候，可以有效提取。其实这不过就是安慰剂而已。我的微信上有一些工作上认识的人，你会惊奇的发现，他几乎与你朋友圈里一多半的人都相识，任何一条信息下面都会有他们的评论和点赞。这些交际花一样的人物，你仔细看看他们后来的职业发展，根本无法证明那些疯狂社交真的为他带来了任何红利。

“局文化”其实很糟糕，它是一种沟通成本很高，但所得极低的事情。饭局、酒局、K 歌局……当然，我说的这些局不是真正的朋友在一起小聚的那种，而是我们每个人都经历过的那种需要攒的、囊括很多认识不认识的，看起来很江湖气的局。既然它需要被攒，就说明它本身缺乏必须要见面的内在推动力。再加之人数众多，又基本没有主题，所以闲聊就成为这种局最基本的形式。我们都知道，饭局的最基本组成部分是吹牛、扯淡、八卦和吐槽，这种活动，参与的人越多，聊天内容的质量就越差。这是最符合“木桶理论”的一个事情。如果我们需要让所有人都能热络地聊起来，就必须把话题降低到最低的那块木板上。而当你不属于最低木板的时候，就只能俯就。一场饭局下来，你会发现，基本上没有任何产出感，只有消耗。

好了。我们有必要开始聊聊“产出感”了。

更多时候，产出感是指你心理上的充实感，在你用掉了那段时间之后，能为自己换回什么，以及能让自己得到怎样的感受。我们做一件事，所获得的无非包括物质回报和精神回报。如果这二者都无法得到，那么那件事就很可疑。或许，你就应该运用那段时间去做点别的。所以，“产出感”是一个特别简单易行的判断标准。当你在犹豫是否要做一件事，是否要去参加一个应酬的时候，可以问问自己：做这件事是否会给你带来产出感。

有人说，定义哪些属于有效社交，哪些属于无效社交是一件很势利的事情。从一个无公害的小清新的角度去看，这种想法或许没错，可时间这种东西不是小清新，它很残忍。你对无效的事情温柔相待，时间就会对你还以颜色，而且这种反扑还都是不动声色、钝刀割肉的那一款。

其实，仔细想想，区分清楚有效和无效，并非是一种势利，而只是一种自律。不浪费自己的时间，也不浪费他人的时间，这是一种低调的美德。著名文青女歌手程璧曾把一首诗谱了曲，其中那句“我想和你虚度时光”广为流传。其实，真的值得我们一起虚度时光的都是我们所爱的人。只有当你对待工作和社交时变得“势利”，你才真的有时间与所爱的人一起度过散漫的时光。

产出感其实是一种很私密、自我的内心回馈，能让你产生这种感受的其实都是小事。具备产出感的事情有很多，比如，读读一直没有时间去看的书、跑跑步、看几部让我们有所触动的电影、写作或者从事一件在他人看来无法理解，但一直是你的理想的某件事……这些都会让我们感到充盈。

时间，要用来做那些有意思和有意义的事——判断的标准是你自己，不是外界和他人。

这些事要么可以让我们直接看到成果——减掉的赘肉或者完成的文章；要么可以让我们感受到内心的变化——稳定、自信、快乐。人就是这样一种动物，一些小事带给你的正面反馈，其实会给你带来很大的变化。

对于很多人来说，工作基本上只关乎谋生，所以某种程度上也可以说，工作让很多人产生厌倦和损耗感。除了应酬，还有冗长的行政会议、工作之间人际关系的内耗、与不同利益方的沟通障碍……这一切都让人觉得焦躁和消耗，所以，对冲职业倦怠最好的方式就是在工作时间之外，去多做那些具有产出感的事情。而不是因为劳累和懈怠，就把工作之余的时间都报复性地耗费在各种局和刷手机当中。有时候，人们会觉得那样的方式才让自己放松，其实谁都有过这种体验，那只会让我们更劳累，陷入无聊感的恶性循环。

对抗消耗感和建立产出感最有效的办法是做计划，然后真的去执行它，并让它成为你的一种习惯。时间，是分为碎片时间和块状时间的。我们应该分清楚这二者分别对应的、可以安排的事情。比如，你可以在通勤的时间内阅读，把整块时间用来跑步、写作或者类似需要长时间投入、不能中断、需要集中精力的事情中，而不是毫无计划地让自己在无所适从中又一次回到原地打转的老路。

最初，你或许会觉得做这些好像比参加饭局要劳累得多，但是历经了这种“劳累”之后你就会发现，它所带给你的成就感足以冲抵从事它时所感受到的辛苦，更重要的是，这与那些充满消耗感的事情不同，因为，那些事情，在耗费之后你所感受到的仍然是虚无。

所以，别总抱怨自己的时间不够用，时间就在那，不增不减，你只是没使用正确的打开方式而已。

既然读书无意义……

13

近两年有两条新闻，让我至今都记得。一个南方女孩考上大学之后，和父亲发生了争执，父亲执意不让女儿去读大学，认为那四年的时间和数万元学费的投入纯属白扔的，因为大学毕业生的薪水和农民工差不了多少。父亲本人做小生意，闯荡半生，眼看着大学生的境遇还不如店里的小工，生出这种想法再正常不过。按照一个商人纯经济学的成本产出比去计算，女儿读书的买卖是不划算的。

另一件事发生在北京。一个孩子不好好读书，逃课。老师家长都无计可施，问其原因，他说，我家里有十几套房子，我连收房租的钱都花不完，我为什么要读书？这问题从一个孩子口中说出来，近乎振聋发聩。老师、家长基本无言以对。讲大道理，他们连自己心里那一关都过不去。有专家自以为是地出主意说，家长应该告诉孩子，如果你完不成学业，那些资产就不会给你。可是孩子是独子，你觉得你的智力糊弄得了他吗？

这两件事都与读书有关。虽然两件事中，父母与孩子双方正好呈现相反的态度与价值观，但有一点似乎是一样的，就是他们都在琢磨，读书到底有什么用？

知识不能直接换来金钱，甚至，知识的多寡与你日后能赚取金钱的能力也不必然构成正负向比例的关系。那么，在这样的背景下，读书就变得面目暧昧了。富家子弟觉得，既然我已经坐拥财富，那么我为什么还要读书呢？在寒门父母看来，既然读了书也未必能改变命运，那我为什么还要亏欠当下，以换得一个完全不确定的未来呢？

读书成了一件“然并卵”的事。放在实用主义的框架下去考量，你几乎无法反驳。但这个逻辑成立的一个重要前提是，他们把读书当成了一种暂时的策略，一块为了达到某种特定目的的跳板，属于一项苦差。所以说，如果已经能享受到财富，或者没有办法证明自己的苦役会带来体面的未来，这两种情况下，读书的这份苦是没有必要担下的。

实际上，读书的意涵在中国被长久的异化了。说远一些，它接续着科举传统所带来的病灶，说近一些，它和中国当下残酷的竞争现实相关。但读书本身的意义却绝非那么狭隘。读书不是一个用后即抛的过渡行为，它原本应该是一种能为人提供持久的享乐的行为，而且还伴随着可以为人们提供现实困境的解决方案之功用。但读书是一种乐趣这回事，已经几乎没人提及了。

“读书”是一个宽泛而不准确的概念。它可以被分成几种：系统的学校教育；为了某些直接而实用的目的而进行的阶段性的习得，比如考取某个资格证或者驾照之类；以及无明确目的的自主阅读行为。

中国的学校教育，因为死记硬背的应试体系而一直被人诟病，是的，它的问题很大，但系统教育不仅仅是为了应试和进阶，更重要的是对人们的思维习惯和行为方式进行系统性的规训。然而这一点，却很少有人注意到。这就是为什么你接触到的受过高等教育的人，和中途辍学的人，给人的感受是迥然不同的根本原因。它在应试的目的之外，也给人们建立了一种学习的方法。这对于日后我们对新知识的习得是有用的。

应试教育系统最大的问题其实不是死记硬背，而是在这个过程中，从根基上彻底摧毁了人们对于阅读的兴趣。不得不说，长期以来，本来应该鼓励而且应该欣喜于人们热爱读书的学校体系，做了一件实际上与自己背道而驰的事——他们一直在反对读书。他们先是把应试需要阅读和背诵的教材等同于读书的全部意涵，以此而使得近乎所有青少年在原本应该对阅读保持好奇的年龄段，产生了对读书最深的抵触。这几乎是中国人厌恶阅读，或者把阅读这件事彻底异化理解的根源之一。

青少年在学校期间，任何出于自主兴趣的阅读都变成了一种偷偷摸摸的地下行为，必须通过鬼鬼祟祟的方式才能得逞，它没有被学校授予任何合法性。阅读，在一个人的价值观形成以及好奇心最旺盛的阶段，被捏造成了两种鬼魅丛生的对立物——一种是极其枯燥却又必须完成的应试教材；另一种则是被赋予了妖魔色彩，必须以极其坚韧的反侦察能力才能读得到的课外读物——更何况，“课外读物”这个短语本身就带有强烈的荒诞和歧视色彩，这也从根本上破坏了人们对于读书这个行为的一切正向理解。

真正意义上的读书，不是为了应试或者解决某个迫在眉睫的问题，而是为了某种更长远的思想训练，或者是出于兴趣而进行的阅读。但这种所谓的“无目的阅读”，已经沦为了读书有用论和无用论双方夸张式地表达自己观点，乃至相互攻陷的凭借。那些作知识分子忧思状的人，每天都在嚷嚷着就应该读“无用之书”；那些坚信实用主义的普通人则开始反攻，声称读“无用之书”的酸腐，在一个如此现实的社会中，倡导“无用”是多么可笑。大多数中国人还是急功近利的，他们希望每一本书都是教材，可以让你快速致富，快速减肥，快速找到对象，他们把书看做一种寻找捷径或者旁门左道的途径。如果没有这个功能，那你读这本书的行为就是可疑的。

是时候该撇开所有成见来聊一聊根本性的问题了。读书本身是为了乐趣的啊！为什么再也没人提及这一点呢？它后来衍射出的那些意义、价值、有用性和无用性，都是那些心怀不同目的的人故意挤压在读书乐趣之上的各种奶油裱花而已。本质上讲，读书和打麻将、唱 K、啤酒撸串是一样的事儿，并没有高下之分。之所以它被讨厌，就是因为长期以来它一直被赋予了过多不该承载的意义。它被描述成一种“高雅”的、显示格调的姿势，所以，读书令人望而生畏就不足为奇了。

不止一次，有人看到我在读书，就会啧啧评论，“你看看，这个小伙子多爱学习！”开始，我很讶异，我明明在贪玩，但在他们看来，我却在苦行。他们永远不会说一个去打麻将的人多爱学习。所以，在民间的语境中，读书，早已和乐趣彻底割裂了。它始终与悬梁刺股的诡异景观联系在一起，变成了一种古怪的，不合时宜的，自讨苦吃的行为。

除了最本质的获得乐趣外，读书还有一个有趣的功能，就是它可以让你拥有多重虚拟人生。我们一生不过几十年，去过几个地方，与为数不多的人变得熟悉。如果没有剧烈的改变，基本上只能过一种生活，终生从事差不多同一类型的职业。但读书可以让你历经无数种体验：你可以作为侦探进入一个案件；可以作为一个探险者深入一片雨林；它能带你了解到你永远无法抵达的世界，那些战火飞扬的战场、消失的侏罗纪以及穿越他人的梦境；它也可以让你去和那些你永远也无法接触到的人面对面交谈。更美妙的是，你会在不知不觉中学会编织一种思维模式，会在下意识中用不同的模式去看待这个世界，这种能力会让你比那些不读书的人活得更通透，让你可以在该投入时保持执着，该清醒时得以超然，你能享受到更美妙的生活，也能更清醒地面对你所遭受的苦难。

阅读，是通过文字在头脑中自动翻译成画面的过程。这本身是一种极好的智识训练。从本质上讲，阅读和看电影一样，之所以相比于读书，电影被看作具有更强的娱乐功能，是因为电影直接把画面展现在了人们面前，省略了翻译的那道工序。但这道工序本身是一种想象力被激活的乐趣表达过程。直到现在，人们习得知识仍然是通过逻辑叙事组成的，真正的知识获取，只能通过文字——无论是纸面上还是口头上——人们需要一个自我理解的过程，条分缕析地在头脑中重组，对知识进行咀嚼和消化。这个过程一旦掌握，它便可以被用于处理生活中几乎所有的事务。某种程度上来说，读书会让我们能透过众多迷乱的表象，而看到某些本质的东西，以使得我们活得不再那么迷茫。

肉身的享乐与思维的乐趣并行不悖，它们不应该相互诋毁，都以为自己是正统，对方是旁门。对于快乐这件事，有很大一部分是需要我们用智识才能享受得到的。读书，其实是为了避免你缺失一大部分生活中的快乐。它并非是苦行的过程，而是让你抵达更多快乐的途径。不要以为肉身的享乐就是全部，猪长再多的膘，也不会生出翅膀来。飞翔的感受同样是一种乐趣。

读书，就是令我们可以享受更广阔人生的一种途径。
它可以避免我们的生活陷入只有物质堆砌的逼仄。
没错，那确实是另一种赤贫。
它残酷的程度和金钱意义上的贫穷几乎一样。因为
当代文明中的大多数享乐，其实都是有知识门槛的，
一旦你放弃了对于智识的追求，即使让你坐拥财富，
你对于这个世界的享受仍然会不可避免地

大打折扣。谁也不能帮你完成那部分享受，
那种自我体验是无法通过
金钱的购买服务来进行代偿的。

就像贫穷会造成生活的困窘一样，无知同样会铸就困境。当你真的头脑空空，对世界的运转一无所知，也缺乏习得的能力，对任何新事物都没有基本的好奇心时，你拥有的财富很快就会消耗殆尽，而且不是因为你的挥霍享乐，而是被众多你所无法理解的人和事，近乎掠夺地分割掉。

所以说，让读书回归它原本的地位，这是一件很重要的事。不要自我赋予它更多的符号和光环，它不天然带来财富，也不必定造成酸腐。读书是一件有趣的消遣行为，是使你一次次抵达更广阔世界的旅途，是你能分析和观察世界的坐标系，它会在你不知不觉的时候，让你感受到某些突如其来的美妙。

你才创业呢，你们全家都是搞创业的

14

北京好像陷入了一种魔障。以至于我一度担心，是不是帝都的很多人都患上了一种科学界尚不知情的集体癔症。

在任何一个饭局上，寒暄过后，差不多聊到第三个话题的时候，对方就会以一种哀我不幸，怒我不争的语气问我，“难道你就不想自己出来做点什么？”这是个妖气弥漫的句子。看似波澜不惊,实则惊涛拍岸,细思极恐。这个句子可以分成几部分来解读:第一，“难道”，这种反问基本已经奠定了基调，那就是正途摆在眼前，你怎么就没想过踏上去呢？第二，“就不想”，透露了一种实在看不过去的、难掩的失望；第三，“自己”，掌握自己命运般的宣言；第四，“做点什么”，开创一番事业的雄壮蓝图。

你看，这句子中有一种呵护、拯救以及最后提醒般的复杂况味。好像壮丽的景象就在前方闪耀着万丈光芒，为什么你们这帮短视之徒就视而不见呢？

是的，他们在劝我创业。

差不多就这一年多的时间里，身边的阿猫阿狗，以前班里的学霸学渣都纷纷声称自己开始创业了。以前在朋友圈晒美食的都转而开始晒半夜空旷的办公室、白板、H5以及抄袭来的各种创业宣言。鸡汤界也凭借创业潮，在被人唾弃的濒死之际终于重新找到了新的增长点——以前依靠给找不着对象的单身狗做心理按摩为生；现在都变成鞭策还在上班的加班狗递交辞呈了。

其实，那帮创业的也都没什么创意，公司各不相同，但干的基本上就只有一个行业。这也不怨他们，现在似乎全中国就只有一个行业——互联网。似乎只有互联网是朝阳产业，除此之外都日薄西山，你们没看连考公务员的人数都开始下滑了吗？目前的情况就是，和互联网搭上关系，你就算上了诺亚方舟，任凭洪水滔天，你也能安全过关；如果你还没对互联网投怀送抱，你就注定要被人嘲笑。而融入互联网洪流的方式，必须是“自己出来干点什么”。上班，基本上成为了一个笑话，属于实在没办法，特别没出息，或者为了筹备创业而暂时忍辱负重的过渡阶段。

中国人干点什么都能搞出集体高潮，说股票火了，连卖菜的都互相聊大盘，文艺女青年变卖了棉布裙子开始抄底；一个游泳的小鲜肉能在一天之内引发全中国老娘儿们的青睐，第二天又一起为另一个韩国欧巴争风吃醋。所以，创业能成为潮流确实也没什么可奇怪的，但问题是，你们一帮平时连上个班都每天唧唧歪歪，从周一就抱怨为什么还不到周五的人，去创业当老板，这公司能维持下去吗?

创业是什么?从字面意义上讲，指的是创立事业。它本身暗含的成就感和财务自由的可能性吸引了太多人。既然有那样雄伟的可能性，那么创业这个举动本身就一定需要真正意义上的雄心，是开创性的、颠覆性的举动，而绝非只是为了解决温饱或者只是在现有基础上提高一些生活水平而为。现在大多数人之所以去创业，根本不是为了开创什么，而是因为逃避什么。说实话，基本上都是因为厌倦和不满，对于老板的不满，对于现有工作的不满，对于收入的不满。他们把满含怨气的离开误以为是元气满满的开始。客观地讲，大多数人每天工作八小时，有俩小时在逛淘宝，一个小时刷朋友圈，一边发传真一边琢磨周末去哪吃吃吃。就这种心态的人永远不会明白，创业意味着需要你把所有时间都扔进工作里去。

创业不只是一桩美梦，它其实是一桩苦差。如果你真的打定主意创业，在未来可预见的很多年里，你的生活质量是直线下滑的。你以为风投给你几百万，A 轮 B 轮的陪你玩都是没有代价的吗?难道他们给你钱是为了让你躺着刷朋友圈的?不要以为市场和投资人都像你们村儿的娃娃亲对象一样，你远走高飞好多年，他还温柔缱绻地等着你回来。这个世界上不存在没有代价的事情，而且往往现实是，代价都是大于所得的。现在的问题是，劝我创业的很多人都把天使投资人当作了真天使，以为人家每天的工作就是保持微笑，扑棱着翅膀飞来飞去地漫天撒钱吗？

再说回来，几年前，创业这两个字还是有门槛的，现在随便什么人，在门口摆个摊儿卖点包子、麻辣烫的都说自己在创业。再在包装盒上印个二维码，可以从网上订餐就腆着脸叫 O2O 了。要是自己再能做个微信公号每天发个故事,基本就能当行业领袖，靠演讲为生，不用亲自卖麻辣烫啦。这不叫创业好吗？这种自力更生做点小买卖的行为最多就叫练摊儿。我们上学的时候，一贪玩，爹妈就冲我们吼，“你再不好好念书，以后就得去练摊儿。”说的就是你们现在要干的这些事儿。

有些人太热爱用宏大、庄严的词汇来粉饰自己卑微、失意的现状。只有真正的屌丝才特别青睐用各种英文字母和数字啪啪啪出来的概念，什么 B2C、 C2C、 O2O、0 到 1 之类乱七八糟叫起来爽口，深究起来无味的东西，更不要提那些更本土化的屌丝虚设出来的，连英文都没法翻译的伪概念了。其实，有很多概念是很有意思的，但只是中国的所谓创业者根本不愿意搞懂它们的内涵，只在乎自己用这些标签自称时的迷幻快感。本质上讲，这就和当年外企刚进中国的时候，每个人都给自己起个外国名字，叫 Tom、Jerry、Dick 什么的没什么两样。多年之后的今天，你好意思告诉别人，你当年以 Dick 这种俚语中的器官为名字吗？再过几年，就会有人在饭桌上指着你调侃，这人以前是搞 O2O 的。

对于我们普通人来说，每个人都需要工作，工作带给你收入和社交。是的，没有谁天生适合挤地铁公交，早起晚归地上班，但不能因为这个，你就天然反证自己何必不去创业呢？有人总给自己打气，上班一样辛苦，还不如自己为自己打工。你上班拿的是薪水，薪水是什么？说到底，是你为公司创造的利润的返点，但当你不创造价值的某些时候，你公司的风险是由老板和其他创造了更多价值的同事担当的。更何况，很多时候你所做的根本就是服务型的岗位，而不是直接创造利润的职位。但当你创业，你就成了那个顶住底线以及必须抬高天花板的人。

这个世界的绝大多数人是不适合创业的，那需要极强的内在推动力，不是说只要对钱感兴趣的人就都能把一家公司运作上市，那些能创造出让你瞠目财富的人们，其实对于财富到底能买到什么并不感兴趣，他们感兴趣的是这个过程本身。而大多数人不是这样。

所以说，创业注定就是件小众的事儿，现在的大众创业肯定是某些地方出了什么问题。当一个社会开始热切地鼓励大学生休学创业的时候，有些东西就开始令人恐惧了。不是说乔布斯和其他一些硅谷精英都有过休学经历，就能从这个逻辑上推断出休学创业就一定能成功。而是，他们找到了自己确定的方向，在不可能兼顾学业的情况下才做出了抉择。对于他们来说，想要创业就必须休学，但休学又不必然导致创业成功。这是不能反推的。中国鼓励大学生创业的很大原因之一，是因为就业现状的艰难，但不能因为这种困难，就用创业给这些人画饼。更可怕的是，休学创业导致一夜暴富的可能性不但蛊惑着众多年轻人，也能轻易说服他们的父母。

中国是一个实用主义盛行的地方，在金钱的光芒面前，大多数人的智商会断崖式下滑，人们不会理性地想一想，创业后让自己公司上市的概率其实和买彩票中头奖近乎相同。你自己扪心自问，你们的创意和乔布斯的苹果能是一个量级的吗？你真的认为自己卖麻辣烫,送几串素丸子上门就能经过几年融资之后上市，与王健林和马云分庭抗礼吗？

或许是过于厌恶上班，或许是对过于尖锐的贫富分化缴械投降，有些人开始用虚幻的可能性为自己注射强心剂。他们拼命想在名片和微信签名上注明 C 某 O 或者某某公司联合创始人一类的名头，幻想着自己创业之后的日子就是踌躇满志地站在写字楼的玻璃幕墙前，用坚毅又沉重的表情望向远方，每天穿着定制西装，用高档钢笔在各种文件上签下名字，公司就能活得很好。那是芒果台的狗血剧，不是现实中的创业史。现实中，悲悯地质问我为什么还不创业的创业公司的创始人，前一天还在群里大张旗鼓地声称自己在谈判几百万美元的融资，第二天就在朋友圈转发“室友搬家了，转租天通苑次卧”的信息。你们觉得这样有意思吗？

可千万别和我说这是创业所必经的筚路蓝缕，你大张旗鼓宣扬融资时的样子和现实中的财务状态有一条近乎谎言的裂缝，这种过于悬念迭起的现状不会是一个对于未来充满掌控的创业者的样貌。而当这些人被进一步询问时，那条裂缝就更加不堪了。我问你公司规模，你跟我谈未来规划；我问你薪酬待遇，你对我说梦想和远方；那我就问你未来到底会怎样，你像长辈那样拍拍握握地说“我们还年轻”；我试探着说，你们目前的一些合作者不太靠谱，你说，我们主要看人员创造价值的能力；那我就问问未来盈利的可能性，你又说“做事先做人嘛”。所以说，你们做互联网算是白瞎了才华，要是写鸡汤没准能成新一代网红，实在不行，找个什么部门做个发言人也许还能发挥光和热。

这么说吧，现在创业的很多人，都是觉得可以扎一笔风投花一阵，以后再说以后的话吧。这不叫创业，这种行为近乎行骗，而且性价比还稍低于“明天来我办公室”的那一款骗子。这也是为什么当下媒体人越发成为创业大军主流的原因之一，因为他们的主业就是讲故事，而目前，无论是投资界还是受众，都还愿意听一听故事，但当故事全部讲完，现实毕露的时刻，怎么办？这不是电影院，故事结束，灯亮了，我们收拾心情回家就好。商界是生死场，资本是白刀子进红刀子出，总有生死之分。

创业是件牛逼的事，互联网更是个伟大的工具，
这些都能创造无限的可能性，但问题是你是否适合。
我不相信一个平时连上班都需要做心理建设的人
会成为伟大的企业家，我更不相信在未来，
大多数人都能变成一个个创业者，
而达成某种乌托邦式的财务自由与地位平等。
我们得时刻明白，创业是一件比上班
艰难数万倍的事情，它是小众的，低概率的，

如果你找到了一个方向和一片市场，
由于内心的需要而不是外部的聒噪
必须去尝试实现它，那么你可以去试试，
哪怕破釜沉舟，如果不行，就别做白日梦，
连在股市里亏几万块钱都能嚷嚷半年，
创业这种事情你还是敬而远之吧。

所有那些已经创业的，正在讲故事筹备创业的，每天最好多找点时间对着镜子把你们平时大言不惭说出的那些话对着镜子说几遍,如果自己不会笑,再出去说也不太迟。或许,以后我会去“自己做点什么”，或许更大的可能性是不会去做。相比于很多完全不靠谱的雄心壮志，我更想打好一份工。总有一天，这种奇怪的、集体癔症般的创业潮会褪去，等到那一天，你再鼓动谁去创业，别人就会冲着你说：你才创业呢，你们全家都是搞创业的！

你该如何写一份打动人的简历

15

最近在招聘，收到一些简历，看过之后发现，99% 的邮件让我连回复的兴趣都没有。但也有个别的，让我特别想回复一下。我想，在回信里我可能会这么写："你不是应聘吗？在信里说了那么多想来这里工作的话，那么简历到底在哪？"是的，如果你的应聘邮件里，连简历都忘记贴进附件的话，那么你到底是来找工作的还是来逗比的？

这些应聘者中的绝大多数都是应届毕业生。读得出来，信中搅拌着热情、惶恐、焦虑和无所适从。这些刚出校门的年轻人需要一份工作，养家糊口也证明自己。但是，用这样的方式写简历，你的电话永远也不会响起来。

为什么你们的简历总是石沉大海呢？简历是什么？无非是简要描述你经历的一份文件。作为招聘方，我想看到的是你的求学历程、工作经验或者对要申请的这份工作有帮助的社会经历，以及你的联系方式。这就够了。这些东西写不清楚，你给我发不同地点的生活照，这又有什么用呢？

好了，说一下简历本身。简历需要简要、简约，但不能简陋。所谓的不简陋，绝不是用各种奇葩软件修饰花边和插入图案。那些根本没有用。除非你在应聘一个平面设计师的工作，你用简历本身的形式感来证明自己的业务水平。“不简陋”指的是，你要用仅仅几行文字以及附件里的内容来证明自己现在所掌握的技能，以及学习能力可以适合你要寻求的那份工作，并且可以在短时间内迅速成长。你必须让我相信，你具备这样的能力。

说真的。对于我们来说，你在大学期间拿过几次奖学金，参加了合唱团还是书法爱好者俱乐部，我们根本就没有兴趣。那一切或许对你在大学里把妹有效果，但你是应聘一个企业的职位，你告诉我你酷爱登山，这对我们来说到底有什么意义呢？而且，如果你的简历里只能写明你得过的奖学金以及参加的兴趣社团，在我们看来，你的潜台词就是“我根本没有社会实践经历，也根本没有想过在大学期间要为未来做出应有的准备”。好了，你已经被筛掉了。

那么，你到底该如何去写一份打动人的简历呢？其实，简历只是你最终呈现给对方的一份结果。你要事先进行的工作有很多。在准备求职前的一段时间，你应该找到自己想要从事的工作和方向，这是最基本的要求。你连要做什么都不知道，你投出的简历中就注定散发着模棱两可和爱成不成的气息。我们不是傻子，谁都看得出来谁是认真的。如果连你自己都是吊儿郎当和不知所措的样子，那我们凭什么看中你呢？找工作不是撞大运，撒一大把种子，看哪颗发芽，这是不对的。

好了，决定了要从事的工作和方向之后，你就要开始摸清这个领域中最优秀的标准是什么，你希望达到的标准在哪个等级，以及你目前能做到的样子。

拿我们自己举例子。我们是一家媒体，而你想成为一名记者。那么你必须了解，这个领域中电视、杂志、网站、新晋的公号等等自媒体的几种类型，你到底想去往哪一类，以及原因。然后你要细分地研究每一类中有哪几个靠谱的选项。根据你要投放简历的目标，分析这几家媒体的采访重心、写作风格、选题类型等。你需要去想，如果你要成为这里的记者，你想做的，符合这家媒体需求的选题有哪些？给我们理由，然后告诉我们，这些选题你要如何去操做。给我一份采访提纲，一份写作提纲，甚至可以试着利用现有的公开资料，以目前这家媒体的标准稿件为样本来写几篇文章。这一切都可以是不成熟的，文笔、选题、技术不过关不重要，重要的是思路和态度。每家公司都有义务帮新晋者校正技术，但态度取决于每个人自己。我们看到应聘者用心地呈现了那些东西，就会明白，你是关注过我们的，是研究过这个行业的，这表示，你真的在乎这份工作，想进入这个行当。如果你的简历里有这些内容，你听到你的电话在响了吗？

我用自己举个例子。当年，我是如何得到现在这份媒体工作的？我把这份媒体骂了一顿。真的。

我在简历里写下了我的名字、电话、邮箱和教育程度之类最基础的信息，然后就再没其他了。但我在备注表格中，写了一封很长的信。我分析了这份杂志从创刊到现在的几次风格转变的节点，近期报道的不足，以及选题方向的偏颇，并且对比了这个行业内其他几本重要杂志的相关选题、风格、目前的情况等等。之后，针对我提出的质疑和批评，我给出了自己的解决方案。比如，如果我能成为这里的记者，我会在这几周做哪些选题，为什么会做这样的选择，如何去操作，以及几种备选方案。一周之后，我见到了杂志的部门负责人，第二天见到了主编，又一周之后正式入职，做到今天，开始筛选别人的简历。但我看到的简历中，仍然见不到一份打动我的东西。大学生的应聘能力似乎就从未长进过。

应届生都在嘟囔，“如果没有人给我们提供工作机会，那么我们永远不会拥有工作经验。”那么，我们来聊聊“经验”到底从哪儿来。

希望你们能记住，互联网时代根本不存在怀才不遇这回事。不要总是怨天尤人地认为自己的才华被埋没了。要么，是你的才华没有展现出来；要么是你的才华不符合这个时代的需求；要么，干脆点说，你根本没有你幻想出来的那些“才华”。

没有正式工作过，同样可以拥有经验。尤其是一些创意类的工作，比如媒体、设计、广告、策划等等，你完全可以在大学期间自己去实践的。你可以假设自己是记者、设计师、广告创意人，是的，没人给你项目，你应该自己去假设有一个项目，并且当真地去执行它。你看到一件大事发生，发现一个有趣的人，你如何去报道它？如何去评论它？参照你有兴趣的媒体，把这一切写下来，然后去修改。最终你会发现，这些积累会帮到你。

假如你认为自己拥有创意能力，那么你会如何去为一款汽车策划新一年的广告呢？如今，展现才华的平台太多了。范冰冰和李晨示爱都能引发如此多广告商引用“我们”去进行营销，如果你真有才华，你一样可以去试着做做，而且一定会被注意到。记着，任何一个行业对人才都求贤若渴，我可以负责任地讲，每个公司都缺人，但我们不缺少自以为是或者空口无凭的人。不要觉得自己是大学生就不可能有机会，只要你不是以稀松的态度去对待一件事，认真坚持一段时间，当你拿着积累出的大量设计方案和文章，以及你对这一行业精准的分析去求职，职业会反过来求你。不信，你可以从现在就开始试试。

而那些非创意类的普通企业同样适用于此。有个工具叫作搜索引擎，它不只是用来搜索美食、衣服和日本爱情动作片的番号的，它还可以用来了解一个企业的整体情况。反过来想，如果你是企业的负责人，当你看到一份简历中写明了你们企业的发展脉络，应聘者对于这家企业独到的评判，以及他加入之后会为你带来的新变化，你难道不想马上见这个人一面吗？

简历中的所有文字加在一起可能最多千八百字，但这背后绝对必须是你千八百个小时的精确准备。中国的学生一直以来都用应付的方式去对待自己的生活，应付着上学，应付着工作。他们从来就不知道，这个社会真正喜欢的是主动的，有想法的人。你临时抱佛脚写的简历，和在大学中向着一个目标准备了几年的人写出的东西，会一样吗？你想应聘翻译，你炫耀自己拿到了大家都有的证书，不如给我看看你大学期间以字幕组总监的身份翻译过的数百集美剧来得震撼。

我们简单归纳一下，一份好简历很简单。

第一，先用正经的名字注册一个邮箱，比如就用你的名字不是挺好吗？但无论怎样都不能叫“/(^o^)/~&* 爱上杀马特”这种二次元的东西吧？你投简历就是要向我们表明，“我已经做好变成一个真正意义上的成年人了，我是来寻求一份工作和认可的”，不是吗？那些充满火星文和表情符号的邮箱名字，在我们看来，首先，你还是个孩子；其次，你根本没拿找工作当个正事儿来看。就算这些文化和心理学上的东西都不提，弟弟妹妹们，你们得知道，对于这类名字的邮件，很多公司的邮箱是会自动将其屏蔽到垃圾邮件里的。但这类名字的邮件，我收到了不少。

第二，学会写信，有称呼，有落款。想不到吧？就这一点都很少有人做得到。并且，想清楚语气。你没必要卑躬屈膝，更不应该莫名地颐指气使。有时，我们知道你是想卖萌，但结果却变成了奇怪的样子，比如我被告知，要“务必毫无拖延地通知我”，这样真的好吗？

第三，让你的简历保持清爽。把最重要的东西放到前面，姓名、电话、邮箱之类，进行一下强调，让人们方便查找。更多的内容用来写清楚你对于这家企业的了解程度，你能给他们带来什么，你的能力有哪些是他们最需要和最感兴趣的。语言清晰、准确、去修饰化。落款用最常规的方式表示一下信件的结束和客气就足够了。别自以为才华横溢和个性使然地加什么奇怪的结束语。比如，我在应聘邮件里看到，“路上为您除妖降魔。我不是猴子。您是唐僧。”你能告诉我，这句话的逻辑和目的到底是什么吗?

在中国当下的就业压力下，应聘是件残酷的事。大多数人都在抱怨命运不公，但你要想想，如果你连应聘邮件的称谓和落款都写不好，我们为什么要为你提供一份工作呢? 所以，如果你掌握方法，而且你真的具备企业所需要的技能，求职对你来说就是件手到擒来的事。越早想清楚你想从事的行当，越早为了这个目标去积累，你就越有优势。最终，你能在简历里精准地将这些都呈现出来，那就等着电话响起来吧!

工作不是苦役和理想二选一

16

我自己每年都会带一些实习生，和他们聊起最大的困惑，基本上还是到底应该选择一份怎样的工作。自己喜欢的，更接近梦想的，收入更高的，行业更新锐的，离家乡更近的……不一而足。但最终，他们中的大多数，仍然选择不去工作，继续读书。问过他们的想法，通常的答案是：到了最后仍然没有选好。有继续读书的机会，那就顺势而为。他们知道，总有一天还是要面对工作的选择，但是现在能躲避的就先躲避一会儿。

当年我在毕业前夕，周围同样弥漫着这种不知所措的气氛。所有同学怀抱着简历，战战兢兢地去往一个个人头攒动的招聘会，在各大网站上复制粘贴个人信息。但很少有人知道自己到底想要什么。更少有人想得清楚，工作的意义是什么。这一课，从未有人教给我们。

对于大多数普通人来说，工作是我们谋生的手段，是很多成就感的来源，也是保持正常社交的基础。每个人每天都在抱怨，不想上班，但谁都清楚，工作是生活中重要的一部分。既然我们无法逃离，我们就得想想，到底如何选择这个占据了我们生活一大半时间的事情。

我自己在毕业前夕，同学们经常会在一起闲聊，毕业后到底想做什么。好像只有我有一个明确的目标，想去一家媒体，靠写作为生。除此之外，我没有想过别的选择。我的考量公式很简单：我会做什么？我喜欢做什么？我喜欢的这件事能否在当下构成一个职业？这份职业能否满足我的物质所需？它所需要我付出的代价，我能否承受？

这几个简单的自我设问其实包含了很多条件，比如我们每天挂在嘴边的理想与现实，这几个问题都能让这样宏大的问题落地。其实，大多数人都误会了理想和现实到底是什么东西，习惯于人为地割裂它们，不是让自己显得幼稚就是故意让自己变得市侩。比如，一谈到工作选择，就有人布道一样地说道，要选择一份我们热爱的工作，不要在意世俗的眼光。另外一派，就摆出一副见多识广、看透一切的表情反驳，工作嘛，就得找个钱多的！什么梦想不梦想。仔细想想，这种争论特别搞笑，前者就好像，他们生活的环境一切都不需要钱；后者就好像，无数种高收益的工作摆在眼前，等着我挑肥拣瘦。哪有这样的事情呢？

所以，我们应该好好想想，有关工作，现实，理想之类的话题。

有时，有实习生会给我看看他们想去应聘的一些公司的招聘启事。现在的企业越来越鸡贼，尤其在所谓的互联网思维兴盛之后。那些招聘条款，既看不到你需要从事的具体事务，也看不到你能从中得到的实际收益，只列举了一些莫名其妙的、文艺的、其实与你基本上毫无关系的勾引条件。比如，经常看到有人写，我们这家公司的前台都是萌妹子，大美女。so what？我是去上班的又不是去把妹的。还有人写，我们这里的技术人员都是大帅哥哟。我又不想去和人家搅基。我们的电脑都是最新款苹果。我能抱走吗？我们的办公室装修得像美术馆一样。那又不是我家。现在的公司，好像在休息区放点薯片和水果，在办公区的正中修个滑梯，这公司的逼格马上就与谷歌平起平坐了似的。这类过家家一样的招聘信息总能吸引来很多不谙世事的大学毕业生，以低价的成本投身于超负荷的工作运转，还被扣上一起实现梦想的宏大帽子。

在我们学会甄别对方的同时，更重要的，是要看清自己。

按照我自己对自己的那些设问，我们来看看，到底该如何挑选一份工作。第一，先想想，我会做什么？这很重要。你会做的、能做的不止于你大学所学的专业。因为众所周知，在我们的教育系统当中，我们从高中迈进高等教育的时期，很多决定都并非来自我们自己，以至于我们是“被选择”而不是主动选择了一个专业。这就造成，我们中的很多人都是在对于那门专业缺乏基本的好奇心和兴趣的情况下，对付着度过了数年。所以，你能掌握多少知识技能，我们心知肚明。那么，到了选择职业的当口，我们就该看看，你是否应该沿用大学时期的专业，还是应该寻找一份更加适合自己的工作了。从此开始，再没有人能为你的喜怒哀乐买单，你自己要为自己的选择承担一切后果。如果你的工作一直在对付和凑合当中度过，你的物质回报注定不会太好，更不要提精神上的折磨了。所以，谨慎地做出这种自我分析，是绝对有必要的。

我们应该学会换一个角度去看待自己所掌握的知识和学习的专业。比如，你学习的是数学专业，你有可能成为小学老师，也可能成为投行分析师。这差别很大，与机遇、野心、自身实力甚至想象力都有关。我身边出自各个理工专业的媒体记者有的是，通常，他们比新闻专业出身的人做得还要好，因为他们有一技之长，而我那些国际新闻专业的同学们，在物流、银行等各个领域做得出色的也大有人在。也就是说，专业并非是限制我们择业的障碍，我们得懂得如何利用它去寻求它在社会上的资源价值。你学到的不只是一种具体知识，还是一种思维方式，后者往往更重要。但我们中的大多数并不懂得利用那个真正有用的思维方式，从而去扩大自己的竞争力。

清楚了自己能做什么之后，再来再来看看我自己真正喜欢从事的职业。好了，这涉及有关所谓的理想和现实的问题。有个我一直不太能理解的事儿，就是我遇到的大多数人通常都告诉我，“我真的不知道我喜欢做什么。”我一向觉得这是胡扯。要么是你根本没去想，要么就是你明明知道自己喜欢做什么，但是觉得那件事太不切合实际，以至于不好意思去说，更不愿意去努力把它变为自己的工作。

欲望，永远是牵引我们走得最远的东西。它比金钱更有粘性和韧性。也就是说，如果你能把一件让你充满欲望和兴趣的事作为职业，你通常做得都不会太差。要敢于面对自己的兴趣，也要懂得转化自己的兴趣，使之与现实中的职业可能进行对接。如果你是个吃货，应该想想是否能开一家餐厅，这并不真的遥不可及；再比如，你热爱足球，你不可能从现在开始练习成为一名职业球员，但你可能成为一名足球记者，这同样可以利用你多年的知识储备，取得比别人更多的优势。当然，这还是要取决于你事先的准备。选择一份工作，绝不是从临近毕业前两个月才开始的。其实它是一个特别漫长的试验过程，在成长的过程中，你应该明白，要一点点尝试，去推进和推翻自己对于未来从事职业的选择和可能性。但并没有人告诉我们这些。我们小的时候，永远在虚伪地做出一些大而无当的表述，比如，我小时候就不止一次向人们表示我要做一名科学家之类的理想，即便后来我高中的数学平均成绩在 35 分左右。

想清楚自己喜欢做的，接下来我们就要考量一下，你所喜欢的事情在当下是否能构成一份职业。举个极端点的例子，你偏偏热爱上了京剧和皮影戏。说真的，作为一种文化门类，它们有美学意义上的存在价值，但是，在物质回报方面，它们已经无法构成当代生活中的一份职业了。如果说，上一条更多地考量了你的理想，那么这一条，就要更多地考虑现实。不要为了炫耀自己的精神光芒，而故意不去考虑物质收益低，然后去从事那种毫无商业回报的工作。如果你不是富二代，那么工作首先是谋生手段。钱是重要的，这无关庸俗，而是客观事实。从事一份回报极其寒酸的工作，并刻意把它用梦想之类的辞藻包裹起来，这不是一种理性的方式。我们不是在对抗谁以彰显自己，我们是想在社会中安放自己，不是吗？

好了，想清楚以上各项，最后看看，你最终做出选择的这份工作需要付出怎样的代价？超负荷的劳动时间？长期出差？昼夜颠倒？应酬？或者其他什么。评估一下这些代价自己能否接受。一件事可以持续，不是依靠所谓的意志力就能达成的，它就是一种付出和收益的微妙动平衡，如果你觉得那份工作中有些代价是你完全无法接受的，趁早把它排除掉，无论它带给你的诱惑有多大。因为，即便那份工作的年薪是一个亿，你得到它的前提也是完成它之后才可以的。问题是，如果你无法承受它的代价，那些对你构成诱惑的条件，终将不属于你。

所以，选择一份工作其实并不是什么难事，难的是你根本没有一个自己的框架和标准。你都不知道自己想买什么，去商场里逛来逛去又有什么用呢？

我们有必要想想工作的意义到底是什么。有太多的人把工作隆重化或者贬低化。所以，有人把它当作生活的全部，有人把它视为美好生活的对立面。很少有人真的能在特别短的时间内实现真正意义上的财务自由，既然工作会在我们的生命中伴随我们很长一段时间，我们还是应该理性地看待它，而不是简单地将其概念化。我们要考虑它带给我们的物质收益，也要考量它带给我们的精神上的成就感。工作就是工作，它不是单纯的苦力也不是纯粹的理想。

理想这东西很奇妙，有时候，你越是想切近它，它似乎就离你越远，但当你以为自己已经远离了它，你却最终会以另外的途径与它重逢。经常在《中国好声音》一类的节目里看到那些学员讲述自己的故事，诸如“我如何热爱音乐，但是囿于生活所迫，去做了一名销售，但是仍然不会放弃唱歌。”等等。这些故事很多都是编造的，但其中一些真实的案例在告诉我们一个道理：你从事一项工作，认真生活，这与你实现你的理想并不冲突。

我们年轻的时候，更多地倾向于用一种更加具有表态感的、表演性的决绝方式去切近梦想，以此来证明自己的勇敢和义无反顾，但是效果往往很糟。我上中学的时候，中国摇滚乐正火，那时候，窦唯还不是坐地铁的大叔，他是那个时代的小鲜肉。摇滚乐成为了一项极具感召力的事业。北京的霍营、树村、东北旺，都是中国地下乐队的聚集地，每天都有无数年轻人抱着音乐梦想从全国各地赶往那里。他们比赛一样炫耀着贫穷，看谁能花钱更少，用死磕表达对音乐的热爱。他们把一种原本处于无奈而不得不那样过的生存状况，生造出一种悲壮的精神意义。他们拒绝找工作，和家庭决裂，钻入自己的牛角尖里。

多年之后，除了个别懂得与商业互动的乐队成功之外，其余的那些人都不知所踪。他们彻底被生活打败了，哪里还顾得上理想呢？有一次因为工作需要，我去往即将被彻底拆除的霍营，去和几个残存在那里的乐手聊天。在北京干冷的深冬，他们坐在肮脏的床垫上，在一堆方便面渣子中间向我陈述他们的纯粹。我闻到的都是无望的气息。那里的一切与理想无关。几年之后，我在北京的艺术家聚集区宋庄，又一次闻到了同样的气味。众多毫无才华的年轻人，看到了一些艺术家在商业上的成功，就义无反顾地投奔这里，过上了某种放荡不羁的艺术家状生活。他们以为就此万事大吉，但最终全都消磨在无聊的生活里，几乎无一幸免。

说真的，那种状态根本不是理想，那是为自己的无能和懒惰寻找的借口。我们需要理想，但是要怀疑理想主义。当一个东西被主义化之后，它就容易变得脱离俗常，而陷入癫狂。很多人知道那句名言：不成熟的男人为了理想死去，成熟的男人为了理想卑微地活着。悲壮地死去更接近于表演，一直向着理想而行，才更加困难也更值得尊敬。作为一个刚刚步入社会的年轻人，怀抱着一个理想，在看似平凡的生活里慢慢接近它，其实这本身已经近乎伟大了，真的极少有人能做到这一点。大多数人，要么就是消耗在琐碎的途中，要么就是为了那个目标而放弃了日常。我们在选择一项工作的时候，应该考虑一下，自己是否可以做到这些。

有时候，我们过于厌恶工作，总是热爱阅读一些“放下一切去旅行”、“29岁辞掉百万年薪，去做一个泥瓦匠”之类的狗血文章。我能理解，因为很多人都觉得自己每天被工作狂虐，除了生存必须的一点点收入，得不到任何正向回报。这其实不应该是工作的本意，对于我们大多数人来说，在当下这个选择其实很多元的时代，工作确实不应仅仅是一种混得一口饭的苦役，如果它让你觉得如此痛苦，那你一定是有什么选择做错了。工作中一些精神上的回报与成就感，有时和物质收益一样重要，这不是幼稚，而是实实在在的东西。人，作为一种有情感的动物，来自于情绪上的正向支撑，总是不可或缺的。

我们如何对待工作，它就会如何对待我们。如果你从最初就把它看作一项苦役，并且在毫不考虑兴趣的情形下做出了选择，那么它一定会给你一个标准的苦役体验。既然，工作占据我们生命中一半的时间，那我们为什么不去早些做做打算，在可能的、现实的前提下，选择一个物质收益和精神回报相对成比例的职业呢？在当下的时代里，要选择出这样一份工作，其实并不太难，难处在于，你自己一直不愿意花费时间去看清自己。

从来就没有什么拖延症，也没有神仙和皇帝

17

几周前发招聘启事的时候，我特意加了一句，“我对拖延症零容忍”。结果，朋友们都觉得，我算是一个人都招不到了。在他们心里，这年头，这个行业里，怎么可能还有人没有拖延症呢？

这是个盛产各种“心理综合征”和“都市病”的黄金时代。这些病症像一件件高品格的首饰,被所有都市白领自愿隐形佩戴。有时候，当他们诉说起这些“病症”，你都不知道他们到底是在抱怨还是在炫耀。仿佛自己没有点焦虑症、拖延症什么的就无法

证明自己的身份和地位似的。他们用这些被命名出的都市化的心理症结，反衬自己营造出的压力与奋斗感。

可能再没有其他哪个行业比我们做媒体这行的更痛恨拖延症的了。对于所有编辑来说，作者的拖延症是最大的噩梦之一，挥之不散的那种。你们都很难想得到“拖延症”患者能为自己找出怎样的借口。

基本情况是这样的：最初对你承诺，周三给你稿子，然后会要求拖到周五，周五肯定不会有消息。周六半夜你会收到一条微信说，别急，在写。周日一天电台静默。周一上午，他会比你还焦虑地说，正在收尾！下午，你的微信在闪，你会很开心，觉得稿子终于到了。打开一看，发现他和你说，电脑坏了，突然死机，蓝屏！或者，家里水管爆裂、狗生病了、网线故障，上不了网，到处找网吧发稿中……最奇葩的一次，我给一个出差外地的作者打电话，问他，稿子呢？他说，哎呀，我的电脑被雷劈了呀。我和颜悦色地问他，你没被劈了吗？他说，我一推酒店的门，就看见一道闪电正好劈到笔记本上。我跳得快啊！

后来我特意做了一组封面报道，派人去采访了拖延症患者，以及所谓的拖延症治疗师。结果，那篇报道该交稿的时候还是遭遇了拖延。

说真的，拖延，给自己加了个有病字框的“症”字，就自我纳入了疾病的范畴，这太不可理喻了。拖延症是病吗？它无非就是一种心理上自我暗示的抑制状态。拖延，就是因为厌恶和抵触。所以说，拖延症基本上只能算是一种“借口”，是让自己尽量长时间持续停留在舒适区中，避免开始进行那项自己厌恶的工作的逃避行为。

人都有自己的舒适区，一旦沉陷，都不想被打扰和拖拽，这是生物本能。这很像在健身房里，训练到一半的时候，头脑中总有个巨大的声音在叫嚷：放弃吧放弃吧，放弃就会很舒服。所有减肥失败的人都只是遵从了那个声音而已。所谓的拖延症患者也一样，只是遵从了那个声音。

我们的文明当中有一个副产品叫做“政治正确”。越是文明程度高的地方，以政治正确为标准去框定的事物就越多。拖延症这种矫情范儿的精神撒娇只会出现在都市化程度高的大城市里。也是因为政治正确中包含了一种态度，就是，你不能歧视一个“患者”。如果他声称自己是在遭受一场疾病，那么所有对其的指摘就都是不道德的。

原本，这一切都只停留在生理疾病的层面；后来，文明告诉我们，还有一种叫做心理疾病的东西同样需要被呵护；再后来，各种处于灰色地带的、微妙的心理综合征都纷纷打扮成疾病的穷亲戚出现了。拖延症就是其中之一。某种程度上，拖延症是被臆想和被命名出来的“病症”。真的，别再用这种带有病字框的借口给自己的无能与懦弱做掩护了。

没有多么复杂，拖延就是因为厌恶。约好与朋友吃饭、K 歌，你会拖延着不出门吗？难道你没发现，真正的拖延症都只在工作时发作吗？对于绝大多数人来说，工作就是为了谋生，是一件“不得不做”的事，所以它产生的反作用力——头脑中那个把你留在舒适区里的声音就会特别洪亮。

从这个角度来看，所谓的拖延症就是一种明知道不可能，但偏要尝试的、带有偏执性的侥幸逃避心理。总觉得到了一个特定时刻，一切总会自动解决掉。因为 deadline 总会来临，那么，我们在此之前的时间如果用来玩耍，我们就都赚了，这些人觉得这样就可以人为缩短工作时长。

所以，有人在写稿前洗衣服、打扫卫生、烹饪、网购、刷朋友圈、看搞笑视频、瞥两眼美剧，唯独一直拒绝进入真正该做的事情。

从根本上说，最能治疗拖延症的药物是“兴趣”。做你真正有兴趣的事，你就永远是主动的。但是我并不认为兴趣是可以培养的，把你明明不喜欢的事物变成兴趣是反人性的，绝不可能成功。所以，大多数时候，我们面对工作时处于一种“不得不”的状态。那么我们就需要一些方法，来克服拖延的情绪。

第一步就是面对现实，跟自己确认这项工作是你必须要完成的。那么接下来，你应该明白，既然是不能不做的，最好的方式就是用最短的时间终结掉它，然后可以把更多的时间用来做你喜欢的事。这才是真正正确的逻辑。你拖延得越久，陷在那个自以为的舒适区里的时间越长，其实你就越不舒适。拖延发作时陷入的地方其实是一个“伪舒适区”，因为你潜意识里总有东西在跟你搏斗。你的内心深处知道自己是在逃避一个终将降临的巨大问题，现在，只是暂时避难而已。所以，你不但无法真正享用时间，等 deadline 一到，就会有加倍的痛楚奉还给你。

认清这一点之后，所需要的就是具体方法。提高效率的最有效方式就是列清单。我们的头脑还没有进化到可以自动抽丝剥茧的状态。这就是为什么我们总会觉得图表、树状图之类的东西清晰可亲的原因。

我们可以把一天的时间分成时段，然后给每一个时段配比任务。把你平时效率最高和拥有最整齐的、大块的时间段配比给最重要的任务，其他散碎的任务则分散在其他时间段内完成。

你可以先在上午处理一些不需要太动用脑力和不太有消耗性的工作，最好是简单易行的、事务性的事儿，比如回邮件之类。一方面，这可以让你尽快进入持续性的工作状态，另一方面也可以提高你的成就感。列出必须做的几项待办事务，处理完毕，把每一项划掉。我们的大脑对于这类“待办—已完成”的状态会产生非常良好的正向应激回馈。下午的时间，就用来进行完整性的、消耗性的工作。

这类工作往往就是拖延症的高发预警区，所以，学会分解任务是特别重要的方法。比如说，你要写一篇六千字的稿件。对于很多人来说，首先，他就被庞大的工作量吓怕了。我们要学会拆解“大任务”，使之成为一个个“小任务”的组合。这本身既是降低难度的一种方式，又是降解心理压力的途径。把这一篇长稿件，分成导语和三个小标题，设计出写作提纲，你就完成了第一步。

然后，给每一个小标题分配工作时长和休息时间。导语部分很短，可以在半小时内解决掉。之后，分别给每个小标题的两千字设计出一个工作时长，比如说，一个半小时。那么你就需要在一个半小时之内,只完成你提纲中设计好的那一个小标题的内容。这个时候，你不用去管你到底还有多少字没写，你的任务就是完成这一点点任务。以此类推，当你把每一个短小的、细分的、精简后的小任务完成后，一个大任务就已经成型了。

我们对于笼统的、庞大的、复杂的、系统性的任务往往会产生恐惧感，会觉得无处下手，进而会更加容易拖延。粉碎大项目，这是一个必要和有效的办法。

对于大多数拖延者来说，那些一直拖而不决的任务通常是一些需要创意性的项目，比如写作、设计、方案策划等等，所以，另一个能力的训练就是，对那些创意性的工作祛魅，把那些听起来缥缈的、具有艺术性的工作真正落地，变成一项项具体事务展开。这听起来特别焚琴煮鹤，但却切实有效。

本质上讲，如果你是个职业作家，对你来说写一篇文章和糊纸盒是没有任何区别的。不要相信灵感这个东西，那是发烧友和爱好者才会经常提及的业余的东西。职业作家、画家、设计师、广告创意人、音乐人，对他们来说，创作就是一份工作，他们所能做的就是“打好这份工”。

我知道的所有高产的职业作家，无一例外都是以生产者的身份在写作，比如王安忆，每天写三千字，雷打不动。然后，他们还要处理家务琐事和行政工作。不要以为自己所做的工作需要情境、偶得的天启般的灵感，那些都是阻碍你完成任务的幻象。你所要做的就是把工作资料找好，安排好结构，列出提纲，然后去完成它。工人怎样，你就怎样。不要用浮夸的创作者光环来蒙蔽自己。

在执行这一步的时候，一旦开始工作，你应该做的是把手机拿到自己看不到的地方，有人有急事会给你打电话的，一个半小时不去看朋友圈和微信，出不了人命。把资料备齐，复制粘贴到文档上，目的是为了可以关闭所有上网浏览页面，只保留工作必须的工具，并且，把这些当纪律去遵守。你觉得富士康里的工人，能够一边攒着手机，一边刷朋友圈吗？不要说你的工作和他们不同，本质都一样。

在工作的时候，把自己变成一个单线程动物，拒绝成为一个多线程处理器。专注工作的时候，眼观六路耳听八方是一个负资产，它只会打乱你的注意力。而完成这类工作，注意力才是你最宝贵的财富。

再有，一旦开始工作时就要明确，第一目标是完成，第二目标才是质量。这是保证你按时结束工作的基础。不要边写作边考虑这段是否词不达意，这都没有关系，一旦你彻底完成，就会发现，修改是一个极其简单的事情。因为相对于第一次创作，修改是一个相对事务性，且比较具体的工作。

在处理以上这些问题的时候，就会涉及到时间安排的问题，这是拖延症患者的一个大麻烦。绝大多数拖延症患者都是缺乏自律能力的人。但人们总热爱对无法自律这个事进行道德化的指摘，但实际上，自律是需要训练的，这不是道德问题，而是你是否具备这个能力的问题。

自律是一个成年人自我要求和自我约束的最基本素养，而时间管理是自律的基础性体现。时间是自己的，不是别人的。首先要认清这一点才能更好地分配时间。在治疗拖延症的时候，要把一切计划尽量做得紧凑，在 deadline 之前设定自己的死线。那条要提交工作的 deadline 是他律的底线，我们自己设定的是自律的高线，我们所要做的就是在底线之上，努力起跳摸高。

说真的，有的人就是天生适合一种工作，不适宜另一种工作。这就相当于如果让姚明去练足球，就算他训练得再辛苦，也无法赶上梅西一个道理。这也是我们必须要承认的事。所以说，尽可能寻找那份你真的喜欢，又确实能力可及的工作去做，这是从根本上避免拖延的最好方式。但如果不行，就按照上面那些去试试调整自己。如果你真的尽了最大的努力，每一点都做到了，发现在工作面前，你仍然一动不想动，那么这就是身体和意志在告诉你，这份工作确实不适合你的时候了。

很多时候，我坐在办公室里，看着忙忙碌碌的同事，我知道至少有三分之一的人不适合从事这份工作，但他们并不自知，只是在每一次 deadline 之前都会莫名的生不如死。我们得明白，拖延症真的不是病，它是一种人对自己厌恶的事的应激反应。克服或者换一份工作去试试。只是，别拿这个名词作借口，周而复始地让自己沉陷其中，让别人讨厌自己，也让自己讨厌自己。在拖延的问题上，能解救你的，只有自己。

健身房里孤独的灵魂教会我的事

18

从2014年11月开始，我正式有规律地去健身房，每周四次。健身房是个诡异的空间，来到这里的人，都决定和自己的本能开战，所以，发生在这里的事都很有趣。

这所健身房的会员有几千人，能坚持每周定时来的人，不过20个。这里的人群年龄分布在两级：20岁出头或者退休的老人。中坚人群比例极低，或许，他们真的已经被生活摧垮了，有太多工作、社交和家庭琐事，让他们无暇顾及自己的身体。更何况，更多的人根本也没想过要来这里，他们更愿意去喝酒和打牌。

对于大爷大妈来说，健身房是他们另一块社交场地——继广场之后。来健身房的大爷大妈比跳广场舞的那一群，收入要高一些，而且他们自认为素质要好一些，有意无意就鄙视一番那些在广场上大声聒噪的同龄人。大妈们在跑步机上一边溜达，一边攀比着自家的孩子，用看似嗔怪实则炫耀的语气说着自己那身处国外的儿女；大爷们一边无休止地抻腰，一边咒骂小日本，念叨着美国对中国的阴谋，他们聊天的时间远比运动的时间多得多，或许，来这里只不过是为了抵抗寂寞。而对于那些年轻人来说，有人是来健身的，有人是来做健身状的，后者只不过在欺骗自己，你看，我并不是没努力过。比如，有三个每次都一起来的胖子，经常对着手机笑作一团，耗够时间，再一起离开。而有些人就更奇怪，一个跑步时总是一边喘着粗气一边大声叫嚷英文的奇怪男人，到处帮姑娘换杠铃片，姑娘们都躲闪不及，后来那个人就消失不见了。有些姑娘热爱单车和跑步机，比教练还有耐力，但永远不听从教练的指导，从不拉抻，教练私下嘟囔，你看你看，那个人，我眼看着她小腿变得和大腿一样粗了。

泳池里，身材走样的大妈拼命划水，上岸的男人们挺着大肚子，眼神失焦地东张西望；操厅里，永远热情洋溢的教练带着一群肢体毫无协调性的家庭妇女在扭动腰肢；单车室里整日播放着电音版的“如果能重来，我要选李白……”

我在这里看着有的人一天天瘦下去；有的人在挥汗如雨，用错误的动作做着无用功；有的人永远坐在器械上低头玩手机；有的人来了一两次，再不出现……

对我来说，从未有一个地方能像健身房这样，把一个个抽象的言辞变得如此具体，比如坚持与放弃不再是宏观的概念，它意味着你是否多做一组卧推。比如自制与放逐，也不再是空洞的辞藻，它只是在质问你能否戒断可乐和炸鸡。

能在健身房中坚持下来的人，
都是全世界最孤独的灵魂。他们所付出的一切
没人能分担，他们获得的快慰也没人能分享，
但这些孤独的灵魂教会我很多事情，
我愿意成为健身房中飘荡着的孤独的灵魂之一。

那么，这座由铁器和汗水填满的房间，到底教会了我什么？

坚持。某种程度上说，健身是“反人类”的。因为肌肉的生长是先把它们本身撕裂，然后让肌肉纤维重组的过程。而当你消耗热量的时候，你的身体会自动告诉你，放弃吧。因为我们的文明史过于短暂，荒蛮史过于漫长，我们的头脑进化到当代文明的程度，但身体仍然保留着原始时期的习惯，比如热爱高热量、高脂肪的食物，吃了那些，大脑内会产生快感，那是为了让我们尽量储存能量，以度过漫长寒冷的冬天。但实际上，我们今天的生活已经不需要通过自己捕猎和收割去维系，食物无比充裕，所以，日常所摄取的热量基本都是过量的，但大脑内的反馈机制并没有被改变。而健身，几乎就是在和你内置的本能做斗争。

坚持是理性选择，放弃是本能选择。你必须把健身规划为生活中必不可少的一部分，甚至是优先考虑的一部分，才能做到在每天工作之后，仍然去往健身房。这足以让你明白“坚持”的含义。哪怕你有一点点动摇，就会溃堤。人是一种很奇怪的动物，你只要跨过了一道坎，就会发现，刚才横亘在心里的障碍，根本就不是障碍。多少次，身体无比疲惫，我仍然出门，下楼，奔向健身房。当你热身之后就会发现，你其实根本没那么疲倦，一切都好，足以应付，刚才不过是懒癌爆发而已。几次之后，你就会明白，身体给你的信号，只不过都被你的懒惰无端放大了而已，坚持是你唯一的出口。

节制。你吃一口所带来的，是你跑一小时也减不掉的脂肪。除非你有代谢类的疾病，不然，你的肥胖、走形，都是自己吃出来的，绝无其他原因。而且，摄入的时候毫不经意，在健身房里，就都会被报复回来。

没有对着健身房的镜子痛哭过的人，不足以谈人生。

没有过跑步和健身经历的人永远也不会知道，减掉一层脂肪，和增加一点肌肉是多么艰难的事情。你设想一个艰难的程度，它一定会超过那个极值。所以，健身房是能让你懂得节制的最好地方。这里可以让你明白，一切快乐都有代价。每一次健身完毕，路过一个个贩卖冷饮的摊子，我都会挣扎，那些冰凉而甜蜜的饮料是大脑回路中最好的奖赏，但只要喝一口，你刚才那两个小时付出就全部白废了。这种挣扎的次数多了，你就能尝到节制的美好了。

当你走出健身房，在一个个烤串摊子前，看着那些喝啤酒撸串的人们，他们大都肥硕不堪，歪歪斜斜。很多男人热爱把背心撩到胸口，露出巨大的肚皮，用肥胖的手指炫耀性地拍打。那意味着心脏病、高血压和阳痿的大肚子，不知道这些人为什么还要露出来炫耀。当你路过他们，你会有一种俯瞰众生的感觉，那种美妙的错觉能对抗很多东西。刚才经历的一切辛苦，在这一刻，你会觉得都是值得的。

公平。几乎没有哪个地方比健身房更公平了。你可以整容，可以抽脂，可以用金钱对很多事情进行代偿。但让你的形体变得挺拔而有线条，唯一的办法就只能通过最艰苦的训练，再无他法。这对任何人都绝对公平。你付出多少心血，就能获得多少回报，你多做一组训练，肌肉线条就会早一天明显起来。这与谈恋爱和炒股票不一样，那些事情无论你多努力，都有可能一败涂地，但健身不会辜负你。你的懒惰都会在你身上堆积，骗不了别人，也骗不了自己。你的勤奋同样如是。

耐心。肌肉生长是个极其缓慢的过程，缓慢到令人绝望。人，都有一种心态，希望效果能立竿见影。速效是一种最令人舒服的正向反馈。但健身却偏偏是一个考验耐心的东西。在很长一段时间内，你几乎看不到任何变化。这种结局令人沮丧，绝大多数人就是在这个时刻放弃的。因为他们觉得自己付出了那么多，肌肉却从未感动过。但如果你能不求速效，只重过程地做下去，结果就会非常美妙。总有一天，你突然会看到你从未见过的肌肉棱角与线条在你身体的某个部位闪现，那是一种无法言喻的体验。减脂和增肌的过程几乎慢到像种子发芽、开花、结果一样。如果你天天盯着一粒种子看，想着什么时候会开花，你就会无比失落。但你只要按照既定程序去做，总有一天，就一定能看到花朵。问题是，大多数人每天盯着种子，几天后，就放弃了浇水施肥。

谦卑。健身房里的人有个特点，凡是真正练得好的，都异常低调，不言不语，认真训练，然后离开。凡是那些不怎么样的，一概咋咋呼呼，满屋子给人指导，一会儿讲理论一会儿纠动作，脱了衣服一看，一身小赘肉，颤颤悠悠，也不知道是哪来的自信。有个运动品牌的健身服上印着一句话，"I am not here to talk." 翻译过来就是，“我不是来这瞎逼逼的。”这件事告诉我们，做比说重要得多。尊重那些多做少说的人，因为他们足够强大，他们不需要用语言对世界进行解释，而只是保持着行动的热情。

你远比你想象得更坚强。在慢跑的时候，你的身体会感受到疲惫的峰值。如果你设定慢跑 30 分钟，那么前 10 分钟是最难熬的，但跑到 20 分钟的时候，你就不想停下，那种舒适感很奇妙。所以，你要做的就是挺过那个疲惫的峰值期，然后你就会进入一个明亮的世界。但绝大多数人都输在了那十分钟以内。他们把身体发出的各种微弱的信号混杂着懒惰，变成了自暴自弃的借口。如果你真的能跨越那十分钟，你就会发现，自己远比想象中要坚韧得多。而且，慢跑让我学会了拆分工作，当你坚持不下去的时候，你就把十分钟拆解成十个一分钟，一分钟谁都能坚持，它们卑微、毫不起眼，没有十分钟那么张牙舞爪。一个一个一分钟做完，十分钟就不攻自破。

不要找捷径。身边的人知道我在健身，总问我诀窍。我说，每周四次,他们问我,那去两次行吗？我说,要吃鸡胸肉,他们问我，那吃鸡腿行吗？我说，要吃白煮蛋的蛋清，他们问我，那我煎鸡蛋行吗？我说，得吃牛肉，他们说，那吃涮羊肉行吗？如果这样，就不要去健身房了。你胖你活该，因为你毕竟享受到了鸡腿和涮羊肉。你总想寻求捷径，又渴望得到百分百的回报，这世界是能量守恒的啊，怎么会发生那样错乱的事呢？

其实，健身房教给我的远比这多得多。它是个缩微世界，盛放着很多古怪或者正常的人，微妙的情绪和隐秘的欲望。当你走出这个缩微世界，重新进入真实世界的时候，你会发展出另外的眼光和角度。比如，以后，再看到那些身材姣好的男神和女神，你再也不要从心里嘲讽，“小婊砸，有神马了不起！”那些小婊砸真的非常了不起，他们做到的，你都做不到。别以为他们整天就是自拍和美食，夜店和约炮，他们把几乎所有业余时间都扔在了健身房里。

所以，如果你真的想变得好一点，你可以试试，你能不能耐得住健身房里的孤独，成为这个微缩世界里孤独的灵魂。

我为什么总要转型呢？我又不是变形金刚

19

自从写的那篇《你才创业呢，你们全家都是搞创业的》广为流传之后，再和别人吃饭，他们劝我创业的话说到一半，就突然像想起来什么一样怔住，把剩下的话混合着食物一起咀嚼着咽回去了。我刚刚开始在心里偷偷嘚瑟，突然发觉，对方迂回着换了个方法，开始劝我——转型。

大家可能都太焦虑了，好像只有用不停地改变和腾挪，才能抵挡这瞬息万变的残酷。作为朋友，他们可能不想看着我因为愚钝而被时代所抛弃，都想尽力挽救和拉拢我跟上这场全民广场舞的欢快节奏。说真的，我一直不太明白，我为什么就一定得不停地转型呢？我又不是一个变形金刚。

既然逃不开，就只能面对，听听他们说的到底是什么。听着听着就发现，周围的很多人似乎都在谈论同样的话题，如果你们的聚会是约在 CBD 或者中关村一带，恭喜你，你算是陷入了转型战争的汪洋大海。满坑满谷的人都在相互说着，“我最近就是在想着怎么转型呢！”这类话题。

一般情况下，一桌上的人，总有一两个身穿皱巴巴的、透且露的白衬衣，配肥大黑色西裤的人在进行主讲，挥斥方遒，其他几个人则配合着一种庄重和努力跟上思路的表情。这些扮演信徒的人物一般热爱配色奇异的格子衬衣和洗得走形的 polo 衫。主讲人热爱念诵着诸如，互联网的大潮袭来，资源配置，组织方式，思考力，打通和整合……如果你注意，就会发现，打着教你如何转型旗号的培训班早就盖过了当年雅思培训的风头。在一个相信转型和创业就能改变命运的时代，谁还会像个 loser 那样去背诵单词？你没看到早年劝你背单词的罗永浩都早早转型创业卖手机了吗？

有一次，我们邀请了一位供职于某著名高校，研究新媒体的教授来进行讲座。席间，他的主旨就是劝说我们转型。我实在听不懂，没忍住问他，您说的转型，其实就是劝我们转行对吗？他嗫嗫嚅嚅地说，嗯……对吧，也可以这么说。我问他，作为一个媒体人，是不是未来就不可能靠写作为生了？他也不太肯定，但总体上说，他劝我可以把写作当成一个爱好。所以我明白，在很多人看来，所谓的转型不是锦上添花，而是自救于水火，以免到时候被活活饿死。

但是，后来听得多了，我突然发现，这些每天念诵着转型的人，其实不是出于对职业前景和趋势转变的敏锐判断，而只是强烈的不安感造成的内心失焦。他们根本不知道也没能力分析出具体哪个行业会转变成什么样子，哪些行业是永恒需求，哪些是暂时的火爆。既然无法分辨，那么干脆就做最坏的打算，让所有人都处于不停转型的应激之下。

无论是对创业的癫狂，还是对转型的迷信，这基本上是一个时代的病理，但无奈的是，这疾病有强烈的传染性，你几乎无法独善其身。

那些每天大声疾呼着转型的人，大多数根本就不知道自己为什么要转型，也不知道要转到哪里去，为什么现在的状态就必转不可，以及转了之后是否就一定会更好。他们只是想把自己置于一种不停变化和转变的状态中，以使自己产生一种幻觉，觉得自己是在努力顺应着时代，把握着自己的命运，而不是听凭时代的淘洗。这是中国普遍意义上的逃难心态和强烈不安全感的一种小小的折射。

从初入职场的年轻人到管理层，这几代人，都正好经历着中国经济模式和社会形态巨变的几十年。从单调到多元，很多东西从无到有，从实体到互联网，无论是所经历的现实，还是各种信息反馈给我们的感受，都在印证着一个事实——中国就是一直在转型，才成为了现在的经济量体，现在的成功者都是跟上时代的人，那些失败者也都是被时代淘汰的人。所以，人们轻易地推断得出，转型就是成功的天梯，不变就是自杀的先兆。但从未有人认真想一想成功与变化的深层因果，就兀自信服了二者之间那表面而肤浅的关系。

我们已经习惯了求新和守旧的两分法，打碎和解构了所有恒定的东西，我们觉得一切都是需要随时改变的，一切也都瞬息万变，如果不抓住每一次社会的脉搏，我们就会跌入万劫不复的深渊。

这是从 1990 年代开始，大规模国企溃败之后埋种于人们心中的种子。更何况，如今，时代演进到互联网的刻度，仿佛一切都更加被加速和催化。在大多数中国人看来，互联网本身就像一个奇妙的魔法球，其中的内容鬼魅多变，难以捉摸，伴随着迭代、颠覆、变革这一类具有蛊惑性和令人热血沸腾的修饰词汇，更加让人们觉得，所有定力和恒常都是落后思维的借口。

可问题是，处于职场中的人们，很少有人愿意去想什么是转型？以及为什么要转型？

因为社会在不断变化，人们的生存方式、生活方式、审美标准、与世界融合的程度、与他人交互的手段都在变化。我们从事的一些职业所提供的服务，有时会跟不上人们对我们的要求。那么，我们警惕这种状态，以一种开放的心态去面对新变化，完善自我的服务，这是非常正确的选择。这才是真正意义上的转型——看到社会需求与自己职业之间的缝隙，用变化将其填补，甚至以远见判断出趋势，从而成为某种意义上的引领者。而不是在没有进行任何理性分析的前提下，就盲目不停地变化，那不叫转型，那叫恐慌。

在真的进行转型之前，我们得明白，有些东西是恒定的，无论外部世界如何变化，有些东西是被永恒需要的。比如，你作为厨师，你就是一个美食内容的提供商，不要看到“饿了么”和百度外卖大战分割市场，你就觉得互联网改变了餐饮业，一个厨师也要开发个 APP，然后三个月后上市套现。你要做的仍然是做好你的饭菜，继续开发更多的美食内容。互联网带给你的是工具性的便利，而不是要取代你，你只要对新的、与顾客产生联系的方式表示欢迎就够了。

比如，你是个记者，你要做的就是成为优质阅读内容的提供商。不要看到有机器人能整合稿子就大声疾呼机器人的奇点时代已经到来，也不要因为几个发段子的公号每月有个万八千的软文推广费用，就觉得自己已经彻底被取代了。任何新的传播方式都需要优质内容，你不是被新工具打败的，你是被自己拙劣的写作和采访能力打败的。如果你明白不了这一点，那么就算你把自己转型成为机器人也还是会被取代。

如果你处于那种可以随时被机器和新科技取代的低精度的、纯劳动力的、重复性工作中，那么你想着尽快转型，这是完全没有问题的。但如果你的工作和行业仍然需要智识、沟通和判断力，而且你所生产的东西是人们物质和精神生活中永恒需求的，那么你大可不必那么惊恐。有些东西，其实是不会被抛弃的，无论时代如何发展。那些永恒被需求的职位，总体而言就是，人类肉身欲望和精神需求的内容提供商。

很多人最终被时代抛弃，并不是因为他们没能及时转型，而是他们从未看清自己从事的职业本质。任何一个行业都有两部分，一部分是核心价值，一部分是外围载体。前者涵盖的是内核，永不过时；后者涉及的是介质，随用随抛。比如，人类都有沟通的需求和欲望，这是永恒的，所以，如果一个真正有头脑的人，应该清醒地把自己定义为沟通交互服务商，而不只是觉得自己是个做传呼机、做手机、做互联网智能设备的，那些迭代的设备不过都是沟通交互所需的承载物。如果你一直把自己和不重要的载体捆绑在一起，就会永远处于一种焦虑和不安之中。你的转型就是被驱赶的，而不是自发的，更不可能是引领的。

我们应该用更具有穿透性的判断力去看到一个职业背后的核心价值到底是什么，而不是陷入对善变的外部形态的追逐。但现在，那些呼喊着转型的人们，大多数是从一个外部跨越到另一个外部，根本触摸不到核心。

这是一个相信善变而嘲讽恒定的时代，人们建立了一种固执的迷信，乐于相信变化就代表着现代性、成功和顺应潮流，而定力则代言着落后的生产力，最多不过是懒惰和无能的借口。所以，我们在一路向变的路上狂奔，却从未设想终点何为。而这一路上，我们既放弃了对本质的探究，也完全不知道变化的目的。似乎，变化本身就是意义。只要处于转型之中，这个过程本身就足以为自己带来安全感，哪怕是虚幻的安全感。

我们太害怕被抛弃，太害怕自己的定力其实不过是固执和封闭，太害怕失去了窗口期就永远追不上同伴。对匮乏的恐惧已经成为我们血液和基因的一部分，就像那些广告中叫嚷的，这是你最后的机会。

转型，已经成为了培训界的显学。当一件事的培训讲师成为这个领域内最火热的人物时，这件事本身就已经足够可疑了。那些人除了编织语录般的课件，向惶恐的人们兜售连他们自己都不相信的观点之外，什么都不会。

当下那些叫嚷着转型的人们当中，有太多人是因为根本做不好一件事，就把转型当作借口和救赎。似乎只要转型，就能顺利地少劳多获和不劳而获。但哪里有这回事呢？就像那些在这一两年中因为不想上班而拼命呼喊创业的人一样，那些从不思考该如何抓住自己职业核心的人们，也都纷纷用转型给自己搭起了冠冕堂皇的掩体。

笃定却不封闭的内心，是最强大的武器。只是，太多人做不到这一点。外部的蛊惑比内心的声音更加激动人心，所以，当需要极力改变的时候，他们大多保守不前却把这些粉饰成安之若素；而在需要定力持之以恒的时候，他们却让自己沉陷在百般变化里意乱神迷。

有时候，不变比变化更艰难。因为不变看起来很无聊，没有舞台感，它不热闹，不会被贴上标签和受人追捧。但问题是，一切坚固的基本面都是由不变铸就的，在所有变化多端的外部包装和渠道之内，都有一个坚硬而恒定的内核，不然，那些变化无以附着。

当所有风潮都过去，那些笃定地找到一个行业最本质特征的人们，才是永恒的需要。而那些叫嚷着转型的人们，只会在转来转去当中无端地耗尽自己。

焦 虑 的 病 理

每一代人在青春期时都会显示出
所谓叛逆的迹象，
那是荷尔蒙和好奇心混杂的结果，
是时代前进的动力，当一切退潮，
每个人又都会像上一代人一样
变得庸常。

这世界欠80后一声抱歉

20

二胎合法化之后，生于1980年代的人成为了人类史上唯一一代独生子女。我们就这样莫名其妙地成为了人类学的孤独遗迹和标本。

其实，我们这一代人，一直是被实验的一代，犹如从未被命名和纪念过的小白鼠。无论是升学、考试，还是日后的很多制度，都从我们身上以实验的名义碾压而过。我们从未发声，默默承受，就像这一切都理所当然。而很多人对此却从来视而不见，一直近乎偏执地认定我们过得无比幸福。

成为独生子女，我们以及我们的父母当然毫无选择的权利。最初，没有人关心人类史上这种独特的实验会对我们的性格造成怎样的影响，只是坚定地声称，我们因此会集万千宠爱于一身；后来，上了小学，历经数次教材改革，我们只能一次次适应；再之后，我们准备高考，政策模糊而游移，一会儿我们被告知可能是 3+1，一会儿又被告知改成了 3+ 各种综合，再后来又说，确定为 3+X，我们开始把从未重视过的副科重新捡起来，而在那之前，是学校要求和暗示我们不要在乎那些不重要的科目；考上了大学，赶上大学全面开始收费的当口，我们发现自己接受的高等教育一边因为扩招而变得廉价，一边却又同时变成了一门产业；我们毕业之后，差不多从 2004 年开始，中国房产价格开始暴涨，相比而言，劳动力价格则低贱得近乎耻辱，我们就这样莫名其妙地错过了一次次机会，被资本竖起的高墙永远堵在了墙外；如今，我们又被告知可以养育两个孩子了，但同时已经注定逃不开未来老龄化社会的重压……

不知道现在是否还有人记得，我们小的时候，在很长时间内都被称为“小皇帝”或者“小太阳”。到底是哪个脑子缺根弦儿的人发明了这个称呼已经不可考，但是如今看起来，这个绰号失真得像个拙劣而残忍的玩笑。那群人那么无知无畏、毫不在意地给一代注定经受苦痛的人套上了假笑的面具——在我们那么幼小的时候。有时候想想，我们真是天真得可爱，包括我们的父母，竟然可以对那样莫名其妙的定语信以为真。

我清楚地记得，那时我刚刚记事，每当见到长辈，就会听到他们说，“你们都是温室里的花朵啊”云云。当时，每听到这些，我都无比反感。并不是先知先觉，而只是作为一个倔强的小男孩，始终搞不明白，为什么自己总被描述得如此娇弱。

现在看起来，那群长辈和当年的媒体合谋共构出了一个自己都信以为真的谣言。他们并不是故意撒谎，他们真诚地如此看待我们这一代人。认为我们无比幸福又无比娇弱的这群人，经历了中国历史上最惨痛的时光，在中国开始变得正常化之后，他们坚信，一切都是线性进步的，一代会好于一代。所以，在他们看来，苦难终结了。而我们的出生则证明，我们生来就很幸福。他们有自己的论据，一种根本经不起推敲的论据：一家人，爷爷奶奶姥姥姥爷再加上父母，我们被众星捧月般对待，难道这还不叫幸福吗？

大多数普通的中国人是短视的，他们未被教化出独立思考公共事务和政策的能力。如今看来，这一切都开始有了现世的报应，那些曾经疼爱我们的人，都成为了我们沉重的责任感，那些曾经闪烁的众星则成为了一颗颗沉落的陨石，捆绑在我们这些盈缺不定的月亮上。我们只能凭借一己之力赡养那些老人，还要自己养育子女。并且在不久的将来，面对终将到来的老龄化社会。彼时，人口红利基本消耗殆尽，经济动力可能远不如今，而我们却成为同时背负上一代和下一代的压力核心。不知道那些当年用嗔怪的语气称呼我们为“小皇帝”和“小太阳”的人们，如今会不会为自己当年给出的评断感到羞愧。至少，他们现在的养老金是由我们这些温室里的花朵努力工作才得以被发放的。

当我们这些花朵长得稍微茁壮了些之后，又一批新的标签摇曳着张贴在了我们头上。自从我们进入青春期，他们就发明了新的说法，声称 80 后属于强调个性与反叛，缺乏责任心的一代，从小被娇生惯养，不懂得关心他人，判定我们自私而冷漠。

至今我也没能理解，这些结论到底是根据什么做出的。80 后的父母大多是 50 后，他们的经济状况日后有目共睹，严重分化成两个阶层，很大一部分人都被中国转型期的离心机残酷地甩开了。也就是说，我们这一代中的富二代，其实是日后阶层分化之后才产生的，那么，我们小的时候，到底是哪来的条件允许我们被娇生惯养呢？我们又为什么就一定自私和冷漠了呢？就因为没有兄弟姐妹吗？自私难道不是人类普遍的本能吗？它难道是我们这一代人特殊的插件吗？

那段时间，长辈们都陷入了一种深深的忧思之中。他们觉得，等我们走入社会，这个世界必将因为我们的散漫而塌陷。在那些描述中，我们像是群无事生非、飞扬跋扈的纨绔子弟，生来鲜衣怒马富贵荣华不思进取。

80 后的青春期赶上了中国社会的商业化大潮，因为商业力量造成的人们精神上的放松，我们得以有机会不那么隐藏自己的个性。但那不过是一个青春期孩子再普通不过的表现，甚至那时的我们其实仍然是战战兢兢的，哪里又奢谈得上什么张扬和叛逆呢？多年之后的今天终于得以确认，80 后原来一直如此一板一眼地活着，谨小慎微。那些当年斜着眼睛声称我们叛逆而无用的人，现在都去哪儿了？

当年，就为了佐证 80 后的个性与叛逆，还特意捎带把 70 后当作了对比对象。当年有一种声音声称，“70 后属于失语的一代，缺乏洪亮的声音，在中国转型的夹缝中默默无闻。”现在回过头看，70 后哪是什么失语呢？那简直就是闷声发大财。80 后的我们还穿着肥大的校服，自以为时代主人翁似的满街瞎晃的时候，70 后正在默默收割中国改革期间唯一一次巨大的转型期红利。他们用最低廉的价格买下了日后变得异常昂贵的不动产，意外完成了一笔根本不用计算风险的投资，这让他们成为了当下气定神闲的一代人。70 后所经历的是一个资产价格低贱而劳动力价格值钱的特殊时期。而当我们进入劳动力市场，计算着自己的价格和商品的价格时，除了惊恐和无奈之外，还能做什么呢？但即便现实如此铺陈在眼前，有些人仍然坚称 70 后属于卡在两个时代交替之间尴尬的夹心者，面目模糊，80 后才是扬眉吐气的新一代。现在看看，这算是冷笑话的鼻祖吧。

如今，回忆当年那些对于 80 后的评价，有时候都会令人感到恍惚，总感觉好像一降生，我们就像生活在反乌托邦小说中，像是那种从不可言说的巨灾之后出生的一代“新人”，某个承载着希望的新物种。我们是人类的前途和未来，被寄予厚望也被过度担心。甚至，一度我们还被叫做“跨世纪的接班人”，好像我们在高中和大学时期迎来了 21 世纪，是某种神启般的寓言一样。其实，那能预示着什么呢？无论如何，那一天不都是会到来的吗？和我们又有什么关系呢？可人们就这样陷入了一场癔症。

如今，终于有些人开始苏醒过来，在二胎政策开始合法化之后，他们突然意识到了 80 后所面对的现实压力，开始留意这一代人历经过的和终将要面对的苦难。我们驮着沉重的砝码行走了很久，只有自己知道自己早已步履蹒跚，但从未大声叫喊。其实，我们哪里生来幸福呢？我们从来就没有觉得自己是花朵，又哪里存在温室呢？矫情一些，我们这一代人经历的苦痛其实比上一辈人要复杂也深邃得多。

苦难这个东西，在中国的叙述惯性中，一直与历史缠绕在一起。那些惊心动魄的革命历程和惨绝人寰的贫穷与饥饿，仿佛只有那样的才配得上苦难这个恢弘的词汇。没错，那些绝对称得上苦难，但那并不是苦难的全部。当贫穷和乱世结束，也并不意味着苦难的终结。在一个正常化的、现代化的、都市化的场域中，我们不是只经历小情小调的矫情，不是只有失恋的泪水和对老板的抱怨，还有很多灰蒙蒙的东西组成的沉重的铅坠，压在我们身上。这一切不被叙述，并不意味着它不存在。长期以来，我们的苦难都被前辈人不屑地忽略了过去。

我们的父辈，甚至比父辈更年长的一代人，都从这灰烬般的非正常时代里走出来。所以，如今的现代化景观会让他们产生强烈的文化休克，他们本能地觉得，世界已经变得如此斑斓，哪里还有什么苦痛。这些经历过历史性苦难的人，对于那些更加具有弥散特质的、日常性的苦难天然地缺乏认识的能力。但你不能因为自己缺乏这样的能力，就声称我们轻飘得没有历经过痛苦。

现在，人们普遍承认了 80 后所承受的痛苦，但又开始重蹈覆辙地把 90 后塑造为异类。

从没有一个时期像中国当下这样瞬息万变。就是因为在面对这百般变化时的惊慌失措，使得人们一次次地对新一代年轻人贴上粗暴而简陋的错误标签。我们太多次把表象当作了本质，把影子看作真身，从来不知悔改。

我们一直生活在深深的焦虑中，焦虑自己会被取代，焦虑自己会变得无用。我们的心里像定时炸弹一样时刻滴答作响，担心自己终有一天会落后于时代。所以，我们发明出了 80 后，90 后，00 后这类诡异的代际概念。下意识地把人物型号化，以便将迭代可视化。

我们一直觉得这世界就是后浪推前浪，前浪死在沙滩上，你死我活你争我夺，天经地义，一代人就是要取代一代人。仿若我们是一种智能手机，注定会在短时间内变得不再时尚，速度缓慢，有那么多鲜亮的机器等待着上市，被人赏识，我们又有什么理由苟延残喘？

就像当年他们塑造 80 后一样，如今又开始呼喊，当下是 90 后的天下啦。也像当年，他们污蔑我们那样，如今又开始说着，90 后脑残，90 后用火星文，90 后不买房，90 后不工作，90 后都裸辞，90 后不结婚，90 后全世界旅行……

不知道为什么，有一群人总天真地觉得新一代年轻人是一种完全不同于他们的生物，他们像科学家观察一个培养皿，而不是一个人看待另一个人。或许我们的时代变化得确实太快，快到让人产生了错觉——代际更迭犹如生物变异。好像我们总觉得年轻人是突变出的新奇物种，可以超越肉身和精神的限制，可以抛弃道德和伦常的约束。

有人说 90 后的特性都与互联网有关，其实从 70 后开始的几代人，都是现实使用意义上的互联网原住民，并不是在互联网出现之后出生的人才能称为原住民。这三代人对于网络的依赖，到现在为止，差不多是同样的。所以，真的没有必要放大 90 后的特殊性。

我所接触过的所有 90 后当中，每个人都很普通而正常，没有谁在平时使用火星文，没有谁是脑残，也没有谁非要扮作杀马特，没见到谁裸辞，不知道谁在环游世界，所有人都念叨着男朋友女朋友，结婚还是分手，在领导面前都战战兢兢，他们正常得近乎无聊。

每一代人在青春期时都会显示出所谓叛逆的迹象，
那是荷尔蒙和好奇心混杂的结果，
是时代前进的动力，当一切退潮，
每个人又都会像上一代人一样变得庸常。
哪一代人都需要工作，稳定的居所，富足的精神，
只不过更年轻的一代人因为
社会财富和家庭财富的积累，
让他们不至于那么惶惑。
很多人把年轻一代暂时的，表象上的波动，
当作了他们这一代人整体意义上精神肌理的重写。

在很多人心中，中国剧烈的变化可能已经取缔了经验的价值，从这个意义上说，年龄成为了单纯的负担，而不是积累的财富。我们的生活建立在一个个崭新的系统之上，需要一次次地重装，甚至都不是升级，每个系统的使命就是被压榨，然后被删除，但实际上，普遍意义上的经验从未完全失效。很多人只是在焦虑中透支了自己。

所以，别让自己陷入焦虑的圈套，用现实的眼光看待每一代人，而不是臆想。看到时代在他们身上印下的痕迹，也看到作为人，不可能改变的恒定核心。每一代人都有自己的快慰和苦难，不要因为你没看到，就否定别人的苦难。每一个人、每一代人都经历着各异的美好与痛苦，只是形态不同，我们与 shopping mall 伴生，与互联网相通，用智能手机联系全世界，我们谈论美食与电影，谈论大美女和小鲜肉，我们的肉身可以品尝无尽的欢愉，但这并不意味着我们与苦难绝缘。不要通过强调一代人的浅薄与漂浮，用以强化自己的深邃、永恒和悲壮。

这个世界欠 80 后一声抱歉和该有的尊重，有一天，人们会发现，他们仍然会对 90 后感到愧疚。

文艺青年

求生指南

21

几千年之后，考古学家可能会这样描述我们当下的一个族群：他们热爱素色衣衫，没有logo，棉麻质地，戴大框眼镜，眼神呆呆、无辜又清亮，背双肩包或挎环保袋，用苹果手机，热爱摄影但从不自拍，照片画面空空如也或者对准电线杆、公路和老旧的建筑，喜欢植物、猫和有机食品；对NGO和公平交易项目充满热忱，在陌生人中总有一种不知该如何融入的矜持和战战兢兢，腼腆、内向、轻度社交障碍，但他们群体内部聚在一起时，脸上经常流露出一种混杂着理解、宽容甚至有某些禅意的微笑；他们语调轻柔，通常使用夹杂着轻微方言尾音的普通话来讨论欧洲文学或者小剧场话剧，称颂的电影都是诸如《去年在马里昂巴》之类的名字；喜欢一些无用的仪式感。

这群生物的出没范围以北上广为主，也有少数流落小城，难免显得形单影只、郁郁寡欢。他们习性温和，基本无害，类似于食草动物，在荒蛮、野性又热气腾腾的中国21世纪，基本处于社会鄙视链的底端。这种生物在当时被命名为文艺青年，简称文青。

不知道到那时，人们是否还能准确理解今天我们对于文艺青年的暧昧态度。互联网格言录中曾流传着一句话："世道变坏是从嘲笑文艺青年开始的。"其实世道还是那个世道，只是文艺青年的好日子到头了。像所有经历过被污名化的词汇一样，文艺青年也有着属于自己的短暂兴衰史。

最初，它不过是一个单纯的名词，形容那些热爱文学、音乐、电影及一切艺术的年轻人。后来，它一度兴盛，被人稍稍仰望，似乎成为了某种意义上具备超凡脱俗气质的人群。灾难都是伴随着仰望到来的，更何况是文艺青年这种本来就缺乏与世俗社会互动能力的群体。这个极其短暂的蜜月期很快就过去了，突然之间，这个词汇的待遇急转直下。

在现实的重压之下，我们所处的环境迅速变得极度市侩化和实用化。实用青年们得到机会大显身手，并且开始狠狠嘲笑文艺青年。在现实的碾压之下，文艺青年的一切仪式感、对于审美层面的追求，都显得如此不合时宜且幼稚不堪。除了坚持自己的生活方式和闭口不言之外，文艺青年基本上缺乏对实用青年还手的能力，最多也只能反向嘲讽一下对方的势利和庸俗。现在，文艺青年正在历经前所未有的劫数。

到底发生了什么，让文艺青年一步步沦落到这样的下场？

从最根本上来说，其实，文艺青年只不过是热爱艺术而已。这没有什么不正常，但这却成了他们的原罪。如果你仔细分析就会发现，实用青年对于文青的嘲讽，并不是因为后者热爱艺术，而是那群人被看作缺乏基本的生存能力，在弱肉强食的丛林里，故意扮演温良的绵羊，并且以此为荣。这在很多实用青年眼中，等同于把自己变成了个笑话。

所以，我们抛开那些段子手和朋友圈中对于文艺青年冷嘲热讽的表象，认真检视一下文青的污名史，就可以彻底明白，人们并非是对文青群体的爱好有什么偏见，而是反射着背后两种生活态度和价值观的冲突。

一切都源于我们的生存压力，当现实过于沉重而残酷的时候，人们撞见了那些称颂着文学、诗歌和远方的年轻人，即便那群人的物质生活一样糟糕，但他们好像仍然飘然于现实之上，似乎对于物质和现实总有某种轻蔑和不屑。这让另外一群人感到荒唐。于是，实用青年和文艺青年的冲突不可避免地发生了。

现实让我们陷入了一种茫然无措的焦虑中。
当焦虑无法释放的时候，我们首先选择了
最容易的方式——攻击异己。

所以，本质上讲，对于文艺青年的嘲笑，
无非都是我们日常焦虑的投射。原本，我们每个人都应该有
物质的一面和精神的一面。我们都应该以正常的心态

面对现实，适应现实，然后在这个基础上，

保有对世界的好奇心以及对于精神性的追求。

物质生活的坚实和精神世界的饱满并不冲突。

但现在，我们被分割成为了单向度的人，陷入了一场翻硬币的游戏，

对于物质和精神，好像只能选择其一。

我们有必要聊聊文艺青年到底是怎样一群人。以及他们发生过怎样的变化。

文青是高度都市化的产物，在北上广遇到他们的概率很高。小城留不住文艺青年，就像顾长卫那部《立春》中所描述的，小城之于文青，基本等同于囚禁与刑罚。小城的封闭让人们更加务实，把一切稍微高于现实的东西都视为不切实际。这一切刺激着文艺青年们从各处逃离到了大城市。但这就是现实，文青中的很多人都来自小城。

远离小城之后，有时会让他们产生一种报复性的反叛，故意蔑视世俗生活。他们把对于物欲的追求看作一种低级的需求，和某种程度的羞耻联系在一起。包容的大城市似乎可以放任他们沉浸于自己的精神世界。当然，还有一种更可怕的情况，就是经过长时间的消耗之后，这些人发现自己其实缺乏赚取物质回报的能力，而为了掩盖这种难堪，他们开始进一步强化自己对于精神彼岸的追求。也就是说，原本，艺术对于他们来说，本应是一种伴生品，

但后来却被他们过分夸大了，成为了掩盖自己失败的盾牌。这成为了日后被实用青年诟病的主要原因。

而实用青年呢？

这群人中的大多数都很本分，多年以来一直在世俗的泥淖中打转，经历着无尽的努力却只能收割卑微的所得。当遭遇了现实的残酷和坚硬之后，他们心中柔软的部分都被消磨殆尽，他们通常都会变得势利、冷漠和世故，像文青大肆宣扬自己对精神彼岸的追寻一样，实用青年们竭力歌颂现实和物质，这也同样是一种掩饰，掩饰自己的脆弱。他们把市侩当作了铠甲。

文艺青年和实用青年成为了彼此眼中的一个裂缝和破绽，显露出了自己想拼命隐藏或者真正缺少的东西。有时，我们越是缺少什么，反而就越不愿意面对什么。文艺青年贫穷，他们却不愿意正大光明地望向财富；实用青年庸俗，他们也同样耻于变得高远。人们都各自沉浸在自己的安全区里，以嘲讽对方来巩固自己，不要坍塌。我们放大对方身上可笑的特质，以此来证明自己的英明。

双方以为各自都在炫耀自己的长处，戳穿对方的虚妄，但实际上，在这场令人心酸的对决中，他们各自都在暴露着自己的要害。而中国社会的气氛又为他们提供了一个完美的催化场。一直以来，中国都是一个世俗化的社会，实用主义几乎成为了中国人的信仰。多年以来，我们其实也没有建立起一种对于美好事物尊重的习惯和基础，在粗鄙而残酷的环境中，文艺一直注定是实用主义的反义词，所以，它被厌恶，这毫不稀奇。

但事情原本不应该是这个样子。作为一个人，我们本应该是完整的。简单点说，我们都应该知道如何独立面对现实世界，怎样融入其中，获取更好的物质生活。而与此同时，我们也应该本能地愿意去追寻精神的光芒，不排斥诗意和远方。现在似乎很难看到如此“正常”的人了，要么文艺得不切实际，要么世故得脑满肠肥。为什么文艺和务实一定就是两种不可兼容的软件呢？

在文艺青年和实用青年的天平上，似乎配重是天然不公平的。因为绝大多数人都会本能地知道物质的重要性。但文艺，无论如何都算是奢侈品，可有可无，最多算是锦上添花而绝不是雪中送炭。

那么，我们有必要来聊聊，那些看似无用的文艺到底有什么用？你读过那么多文学作品，看了那么多电影，对于音乐的风格了如指掌，这一切既然不能帮你换得在世俗中更体面的生活，那么这一切是不是就理应被嘲笑呢？

其实，不只是中国，连欧洲都开始质疑文学、艺术、哲学这类东西到底有什么用。因为他们发现，社会对于这类专业的大学毕业生都不再需要了。很多人花费四年时间和重金研究了莎士比亚和亚里士多德，然后只能去餐馆打工。

既然这一切对于创造物质财富毫无作用，但我们在精神上却又一直没有割舍他们，那么这一切一定有什么与我们的深层欲望紧密相连，只不过，那些深层的精神细部一直被遮掩了。

文学，艺术和哲学，对于人心是有疗愈作用的。从浅显的实用主义层面上讲，这一切演化出的产品——电影、电视节目、故事和音乐——具有娱乐功能。而比这些实用层面更深层的是，这些精神资源与人类精神的原型相通。所以，即便你对于抽象艺术、严肃文学、读不懂的诗歌都无法理解，但这些都是必要的，你所能理解的那些艺术形态都是由此衍生出的。这些厚重而古怪的东西是根基，而且它们可以为你的生活困惑做出一种映照和解答，以浅显的故事形式为你带来启发，或者以抽象的方式刺激你的思辨能力，以此可以让我们应对生命中的那些终极命题。

别以为终极命题是个遥远而可笑的东西，无论怎样的人，都会对自己的来由和去向产生兴趣和彷徨。它需要被解决，稳妥地被解决。更何况，在中国这样一个世俗化的国家，文学，艺术和哲学在很大程度上，可以成为人们的精神得以安放的承载之地——以代替宗教的方式安抚人心。

很多人觉得文艺的兴盛一定是在物质的丰富之后的才发生事情，这一点都没有错，但是这并不是说，在我们尚未聚集起足以让我们自由和安心的财富之前，我们就不需要精神生活了。其实，越是现实压力巨大的时代，对于人心的抚慰就越重要。作为一种纾解渠道，文艺有着不可取代的地位。某种程度上说，它是我们自身也是整个社会的缓冲阀门。而我们却因为偏见和偏狭，有时故意拧紧了那个阀门。

实用青年们本来以为，嘲笑那些看似不切实际的文艺青年，强化自己的物欲和现实，就可以对这世界胜券在握，但实际上，你发现你仍然会有很多惶惑无法解决，但又不知道是哪里出了问题。所以，试着别那么固执，放松一些，把自己投向不熟悉的领域，或许会得到意想不到的结果。它真的会拓宽你看待世界的深度和广度，让你得以有能力重新看待一个人和一件事。

中国当下现实中的重压和转型期的迷茫，让很多人陷入了不可知的迷宫。人们——尤其是男人们，拼命把自己变得越发势利。似乎只有强化这一切才能提高自己在丛林法则中胜出的概率。中国的电影观影人群平均年龄在21.5岁，女性为主，人均阅读率极低。更多时候，男性把看电影、读书、看话剧看作是一种女性化的矫情，而加以排斥。这也是为什么文艺男青年在文艺青年的大谱系中更加低人一等的原因。更多中国直男的业余生活还是在喝大酒和泡小妞中度过的。相比于精神上的饱满，肉身的欲望更容易让他们获得直接的存在感。

其实，文艺，对一个人来说是必需的，就如同美食和华服。我们真的没有必要如此排斥那些美好的东西。直到如今，我们建起了那么多高楼大厦，但我们的精神内里仍然一直简陋而原始。我们嘲讽美好，就是在赞美粗陋。

多年以来，我们对于物质生活和精神世界的态度似乎从未正常过。很多人动不动就开始怀念1980年代，那个时候，好像满大街都是诗人。工人们从工厂下班都聚在一起讨论萨特和加缪。那个时候，没人嘲笑文艺青年。某种程度上说，彼时的文艺青年是当时先进生产力的代表。代表着超越那种无聊、凝固生活的可能性。他们是当时的青年偶像，就跟几年前的房地产开发商，或者今天的互联网创业者一样。其实，那并不是一个正常而美好的时代。产业工人下班都读哲学的状态只能证明刚刚过去的那个时代扭曲而畸形，人们需要用一种矫枉过正的方式把之前的扭曲进行校正。相比于那时，我们当下其实更正常一些。只不过，我们又一次摆向了另一个极端。我们像个疯癫的铅坠，在精神和物质之间首鼠两端，无所适从，从未能够在拥有物质的丰裕之时也愿意追求精神的满足。我们一直固执地将这二者看作是势不两立的敌人。

事到如今，嘲讽文艺青年也好，不屑实用青年也罢，
都没有什么意义。我们能做的其实是在自己身上
克服这个时代的病灶，别因为焦虑的侵蚀，
就让自己丧失了判断力。那些所谓的文艺青年，
应该认真对待自己的生活，努力获取一份体面的物质回报，
这是现实生活的基础。更多的人认为你们装逼，
其实，所谓装逼无非就是因为
觉得一个人对于精神品味的追求严重高于
自己所在的物质水准。
你能做的是让自己的物质生活不至于那么不堪，
而不是拼命用对于小众文艺的偏好来掩盖自己的无能。
世俗的归世俗，彼岸的归彼岸。
对于艺术的热爱是一种精神追求，
它不应该成为你无法处理好自己现实生活的借口。
不要成为一个眼高手低，只会空谈的人。

而那些拼命做势利状的实用青年们，也应该允许自己能从坚硬的铠甲里出来透一口气，抬头看看天空和远方，那些看似柔软的文艺世界和对精神彼岸的追寻不会让你们变得软弱，只会让你们的内心更加笃定。你们被嘲讽为直男癌，无非是因为你们故意弃绝精神，只供奉肉身。文艺是打磨掉你们身上猥琐气质最简洁的办法。

我们应该努力填补自己的短板，而不是把精力花费在砍掉对方的长项上。什么时候，我们能正常地看待自身的需求，无论是物质的还是精神的，什么时候我们就可以正常地谈论彼此了。如果我们把嘲笑对方的时间用来整合自己，那我们自身早就会变得更加充盈。我们要尽力让自己完整起来，具有强大的与世俗生活缠斗的能力，但又不至于彻底陷入世故的纠缠中，我们得学会保持高于现实一厘米的姿态。

我们不应该嘲笑精神的光芒，就如同我们不应嘲笑肉身的欲望一样。有时，那些每天只吃麻辣烫也要存钱去看话剧的人，和吃着方便面也要去买 LV 的人没什么区别，只不过都想在压抑的现实里，寻找一束希望之光。只不过你的救赎是一只包，而他的是一场戏。

别轻易和不够好的自己握手言和

22

大约三五年前吧，我在心里给自己定了一个规矩：不再闯红灯。尤其作为一个行人时，必须遵守这一条。

从那开始，无论高峰时段，还是夜间根本无人无车的路口，我一概看着红绿灯决定自己是走还是停。如果这条马路有过街天桥，无论是否让我更绕远，我都会通过天桥或者地下通道过马路。说真的，有时候，我们的城市规划奇葩到令人难以描述的地步，所以我这么做，无疑会给自己找很多麻烦。自己一个人走路的时候还好，如果一群朋友在一起过马路，就会遇到一个尴尬的问题：几乎所有人都无视交通灯，他们以猛士的勇气和超出灵长类动物的灵活性，从各种车辆中间迂回穿插，像世界足球先生闯入对方禁区一样，在一辆辆飞奔的车前闪转腾挪，然后，在喇叭和谩骂声中扬长而去。有时候，我在一旁看着，觉得他们就像小时候玩游戏机时，那些在满屏子弹间左右躲闪的小人儿。在险象环生的成功抵达马路对面之后，他们的脸上有时会挂着一种努力隐忍着的微微炫耀的满足，但大多数时候，他们面无表情，似乎，过马路本就该如此。

偶尔，我会随口劝劝随行的人，但基本上不太管用，更尴尬的是，反而，我会被看作是拉后腿的那一个。每通过一个路口，我都会被落下一截，我跟在后面，讪讪地有些羞愧。在他们看来，我的行为有些“装外宾”。完全是用一种欧盟标准在中国落地，效果堪忧。

遇到这种情况，我就笑笑，不说话，不争论，因为这基本上算是价值观冲突，属于那种根本无法靠争论解决的问题。我只能依然等红灯，依然找天桥。无非就是其他人都到了饭馆，我五分钟之后再落座，又能吃什么亏呢？

我之所以这样决定，绝不是想做精神文明小标兵，

也不是因为小时候的“五讲四美三热爱”突然在体内爆发。

我只是在想了很久之后，决定，我不能成为

一个连我自己都厌恶的人。所以，

我决定尽量维护自己作为一个人的体面和尊严。

不是那种大而化之的、恢弘的尊严，

而是每个举止，我都会想想，

一个真正有教养的人应该是怎样做的。

有时，周围的环境会影响你，当破坏规则成为常态，遵守规则就会显得矫情。但我决定，即使这种做法显得迂腐，我也愿意付出被一些人偷偷讪笑的代价。因为，在我自己心里，我能感受到尊严。这种自我内心的正向反馈，让我感觉很舒服。没有别的，只为这个。

规则是一回事儿，中国式规则通常又是另一回事儿。按照交通灯的指示过马路，乘地铁时先下后上，买东西按序排队……作为一个人，这些其实都是最基本的规矩与教养，但似乎很多中国人通常都无法做到。不知道有多少次，当电梯门打开，我往外走的时候，永远有一群人像是被怪兽追逐一样涌向电梯，我每次都想，他们为什么就不懂得先下后上的道理呢？里面的人没下来，你又怎么可能上得去呢？有几次，我故意摆出微笑的表情，用最平和的语气，问他们这是为什么。他们给我的回答通常是发自肺腑不屑地撇我一眼，或者恶狠狠瞪我，问我，“怎么了？”在他们看来，我是没事找事的那一个。在垃圾场里，仍然要穿着干净的衬衫，注定会显得可笑。可我们不能因为从众的压力就把自己也涂抹成和垃圾一样的保护色。

有人说，中国人不排队、爱闯红灯是种“逃难心态”。这判断确实非常精准。在经历了太多苦难的教化，见证了太多特权的攫取之后，这些人开始了人类史上一次无法看见具象的退化，廉耻心成为了他们精神世界中的阑尾，一个累赘。文明与教养，在他们看来，无非都是装逼的首饰，不具备实用价值。甚至，会成为他们获得利益的羁绊。

人的发育分为两种，一种是生理发育，一种是精神发育。后者的“第二性征”就是我们所说的文明与教养。但很多人因为逼仄的现实，根本没有完成精神上的发育。他们困在了孩童式的只顾自我的世界中。他们有着成年人的身体，却像孩子一样，在公共场合大喊大叫、横冲直撞，无视所有规则。

这些人，终其一生都在为了争夺多一点点实际的利益而拼尽全力，由于缺乏其他的方法，无赖就成了他们唯一的武器。他们要尽力把自己变得刀枪不入，蔑视一切象征着文明的规则，因为在他们目之所及，永远都是守规矩的老实人受到伤害，那些规则的逾越者则功成名就。所以，在他们简单粗暴的逻辑线条中，推理出了“遵守规则 = 吃亏”这条等式关系。那么，破坏规则就成为了他们潜意识里的生存法则，成为了某种程度上自认为谋取了一点特权的卑微幻想。换句话说，他们不想成为守规矩的傻 ×。

当我理解了这一切，就释然了很多。虽然，我看到那些毫无愧意地跨越护栏、随意插队、永远横冲直撞的人们，仍然会感到厌恶。但我明白他们这些行为的心理根源，我也就更清楚，自己为什么一定要遵守规则，不能变得和他们一样。

世界是在进步的，我们不能粗暴地否认这一点。因为现实的原因，中国有一代人都被毁掉了。他们在本该接受教育的年纪发现学校因为运动而关闭了；在应该被家庭给予教养的时候，他们的父母被送进了牛棚；在应该通过工作获得正常社交和社会规训的时候，经济模式又彻底颠覆了，他们在市场经济中下岗了。这一代人几乎就没经历过正常的生活，这群人以及他们的价值观教育出的下一代，如今就在我们身边生活着，我们无法改变他们。但我们得知道，我们的成长环境与他们不同，我们毕竟有了更正常生活的可能性，所以，我们应该比他们更能拥有健全的人格。当你暂时无力改变那些人的状态，那我们能做的就是别成为他们中的一员。一旦你也自我放弃，用和他们一样的、蔑视规则的方式去和他们争抢，那群人中就又多了一个，你就成了连自己都厌恶的人。

人，是要生活在一条底线之上的。遵守公共秩序和规则，这是人类文明得以维系的基本契约。不能因为周围存在“恶质的大多数”，就放任自己成为这恶质的一部分。不要故意使自己成为一个毫无底线的人，好像一旦成为无赖就可以无坚不摧似的。但实际上，你成为无赖，就等于放弃了人身上所有美好的成分，成为了恶质的残渣。如果按照那些跨越护栏的人的逻辑推断，随地大小便比寻找厕所方便得多，但我们能那样去做吗？因为人本身的尊严感在制约我们。

所以，无论周围环境怎样，我们都应该有个基本判断，哪些是对的，哪些是错的。遵守规则，用文明和有教养的标准要求自己，这并没有那么难，也真的不会有多么惨重的损失。相反，尊严给你带来的感受，是一种奇妙的体验。我们应该向人性中优质的部分靠近，别轻易与不够好的自己握手言和。

高朋满圈的点赞时代，你为什么被人绝交？

23

自从有了微信朋友圈，朋友间绝交的事就越来越多了。

其实，这也不是什么坏事。并不是因为朋友圈的出现改写了友谊，只是因为它的存在而挑明了一些事。在此之前，意见相左的朋友没有什么明朗的渠道让对方发现自己的观点，而且，朋友圈不但承担了晒三观的重大使命，还通过点赞、转发等功能强化、扩大了每个人的观念。这让你觉得，你和原本以为亲密无间的朋友之间，原来有着这么大的分歧。

如今，晒三观的事情越来越多，比如豆腐脑到底是甜是咸，比如那条淘宝爆款范儿的裙子到底是蓝黑还是白金，更不要提狗肉到底能不能吃，广场舞大妈该不该管，人贩子能不能一律枪毙，中医到底是骗局还是科学，转基因会不会贻害后代，美国是不是对中国下一盘很大的棋……只有那些敢于面对淋漓鲜血和惨淡人生的真猛士，才敢在朋友圈发表上述这些内容，这基本上等于摇旗呐喊找绝交。

并不是朋友圈让我们分裂的，是我们原本就不同，你只是没发现而已。因为大多数人在现实生活中并不好意思表达“三观”，那样太过矫情，不接地气，又显得神经兮兮。而朋友圈是面青铜镜，它让我们所有人现形。

我们的社交已经大规模转移到网络上，真正意义上可以见到彼此的现实交际则愈发稀有。这并不只是改变了形式，而且也深刻地改写了社交的内涵。现实中的社交中，我们更趋向于聊琐碎的话题，就是我们常说的“拉家常”，因为人和人当面诉说时，处于一种日常情境中，在烟火现实里，看得到对方的举止，感受得到对方的情绪，所以，我们更愿意用口语化的方式叙述那些更加切身的问题，吃喝玩乐或者狗血八卦。

但点赞时代的网络交际，它不但隔离了肉身，同时也隔绝了烟火气。手机屏幕变成了一个实体上微小，但心理上很庞大的阻隔屏障，它可以让我们觉得安全，某种程度上说，我们透过手机屏幕观赏舆论战场的战火，就如同在电影院看灾难片一样，只会嫌打斗得还不够惨烈，更何况，我们还能实时互动，表达下自己的意见。所以，当我们拿起手机表达观点、转发信息的时候，我们就显得不那么温良恭俭而谦让了，会比平时凌厉直接且尖锐些，软糯的世俗谈资逐渐剥落，坚硬的价值观内核就显露了出来。这就是为什么你会特别惊讶地发现“原来我认识这么多年的朋友和我这么不同。”从而，拉黑，绝交的事件不绝于缕。

所以，当你明白了这些之后，再发现一个原本关系亲昵的闺蜜和哥们儿发了一条条让你无语的信息，你真的大可不必痛彻心扉地拷问自己，当年为什么就没有看出真面目，更没必要像半世青春都献给了一个渣男一样慨叹。

朋友，是一个宽泛的概念，而且，从当下的情势看来，它宽泛得很没节操。亲戚、同学、同事、生意合作伙伴，凡此种种都属于可以准确命名的人际定位，但朋友却变成了一种模糊处理的关系，听起来亲密，实际上虚无，若即若离。

告诉你们一个秘密，其实，朋友分为两种，一种叫“情境型朋友”，另一种叫“价值观朋友”。很多人终其一生也没搞清楚，原来自己庞大的“朋友圈”中还有这样的区隔。

前者，通常是因为随机社交而结识的人际关系，比如同学、同事等等，被分到一个班级，被安排到一个部门，没有选择地必须产生交集；后者，属于因为拥有共同的爱好、共同的价值取向或者共同认同一个群体利益而变得亲密的关系。当然，前者当中经过筛选，会产生出后者那种真正意义上的朋友。

在生活中，绝大多数时候，我们口中的“朋友”都来自于前者，但往往我们都在潜意识里，把所有情境型朋友天然当作了具有共同价值观的伙伴。一直以来，我们就这样稀里糊涂地交往着。在现实中喝酒撸串，岁月静好。直到有一天，被微信朋友圈搞得三观尽毁。

情境型朋友其实不是朋友，只是我们作为一种社会动物必要的社交，而价值观朋友才是所谓的“知己”。不能因为前者泛滥，后者难觅，我们就自动把情感都寄托于那些只是因为随机聚合而达成的交集上。

这是一个点赞之交的时代。很多人批评这个时代的虚拟化让我们的人际关系趋向冷漠,我倒是觉得这个时代更具有筛选友谊、去伪存真的功能。让情境型朋友之间的点赞之交留在线上，让价值观朋友之间的互动留在线下，这不是更好吗?

作为群居型动物，大多数人都害怕孤独，认为朋友是抵抗孤独的最佳途径。所以，我们会刻意或者下意识地在手机上营造出“高朋满圈”的假象。但现实是，我们成长的过程就是一个朋友不断流失，或者说不断筛检的过程。儿时，在一起玩弹珠就能成为不离不弃的朋友，现在呢?成年人会自动因为社会地位、学识背景、三观倾向，甚至外貌来不自觉地区分敌友和亲疏，这并不是势利，而是我们的内心越完善成熟，我们对能分享自己内心的“朋友”的要求就会越苛刻。越长大越孤单，这不只是一句矫情的歌词，确实是我们真实的写照。

所以说，当你看到朋友圈里谁又和你意见不合，三观相冲，先别急于慨叹或者拉黑，想一想，这个人到底是哪一种关系，属于“情境型交往”还是“价值观朋友”。如果是前者，你实在没必要大动干戈，如果是后者，那么这是一次检视自己的机会。

点赞时代，那些缺乏基本诚意，充满敷衍色彩的互动之外，总能留下一些真正志趣相投的朋友。哪怕在朋友圈戾气弥漫的时刻，你们也会轻易穿过硝烟，达成某种暗语般的默契。你有这样的朋友可以相处，又何必在意那些撕逼和争议呢？或者，有谁有幸能体验到更高级一些的人际关系：你们对一件事秉承不同的看法，但彼此仍能尊重对方的价值观和表达权，这是一种更加美妙的体验，它代表着一种更加深层的相互理解和宽容。当你拥有这样的朋友,朋友圈中的一切点赞和拉黑就都将变得云淡风轻。

我们应该成熟一些，友谊的归友谊，社交的归社交。点赞时代会把这两者透视得更加清楚。更重要的是，我们得明白，成长就是愈发依赖自己解决一切问题的过程，独立的意义不过如此。别把朋友当作你完全的依靠和情感的支撑。只有你自己能为自己雪中送炭，其他人最多只帮你锦上添花。看淡朋友圈的无数桃心和拉黑，学会对社交呵呵，懂得对友谊珍惜。

我们不生活在斗争里，我们生活在和解中

24

先晒三观。

豆腐脑是咸的。粽子是甜的。那条裙子是蓝黑的。不吃狗肉。相信科学，中医都是大骗子。世上没有特异功能。讨厌仁波切。憎恨养生学。无神论。坐月子是愚昧和酷刑。天一冷就穿秋裤。接受转基因，经常嘲讽田园牧歌。煎饼果子是天津的好吃。数学和英语都不应该滚出高考。尊敬日本。为 911 欢呼的都应该发往 ISIS 体验生活半年。卖淫和赌场应该合法化。厌恶广场舞。大妈摔倒不扶。不看阅兵。横穿马路跨越护栏的，一概应该撞死白撞。

人贩子不能一律判死刑。

好了，已经能听到有人咒骂我的声音了。然后，也能听到咒骂那些咒骂我的人的声音了。这句子有点复杂，简单点说就是，这几句话就足以让人开撕了。

从来没有一个时代像今天这样，让价值观的分裂呈现得如此明显，或者说让价值观这个原本抽象的概念体现到了如此细碎而具体的事物上，并且让“异己”这个范畴变得如此没有门槛。

每隔一段时间，就会因为对一件事、一个人的表态引发一大波朋友绝交、情侣分手、朋友圈互相拉黑，在虚拟世界里老死不相往来的盛况。

我们现实中的戾气很重，网络上的戾气更重，相比于现实，网络上的互喷成本更低，心理障碍更少，极端程度更高，它还代偿了很多现实中的压抑。有时候，现实和网络就像共同组成的一个跷跷板，一方的压抑越重，另一方弹起的力道就越大。缺少沟通渠道的结果就是不同的意见会寻求对抗的场地。可怕的是，我们的世界不太喜欢人们抒发自己的意见，或者有一部分意见不允许被充分表达。当太多的话语在现实和虚拟之中都被围追堵截，那么，说理的欲望就会逐渐沦为情绪的发泄，寻找出口的时候，最终演化成激烈的对撕。

我们似乎越来越觉得不需要尊重不同意见，也越来越不会尊重异己，都有一种灭掉异己而后快的莽汉情结。但真的能如此吗？

异己是什么？无非就是那些与自己意见不同甚至不和的人们。我们首先得正确认识一个事实：这个世界对于任何一个人、一件事来说，都不可能产生一种绝对统一的观念，而你我也不可能每天都顺心顺意地发现，自己所秉持的观点正巧就被绝大多数人所追捧甚至夸赞。我们处于一个价值观多元、各种利益诉求不同、文化冲突常态化的世界中。这是要接纳的现实。多元的、不同的、无法统一的意见才是正常世界的常态。长期以来，我们被灌输了一些理念，比如，必须要定调才能安心，类似东风和西风到底谁压倒谁？实际上，一个正常世界，风到底往哪个方向吹，是混杂的。所以，每天的空气中飘荡着无数不同意见，这件事，我们是要接受的，真的没有必要与和我们持有不同意见的人搞得你死我活。

每个人所处的环境、生活的背景，学识、教养，各个方面综合决定了我们对这世界的看法，这些注定会让我们产生许多重大的差异。所以，真正令人舒适的世界，并不是一个群体服从于另一个群体，而是每个人都说出自己不同的意见，但彼此又互相尊重。

中国有句话叫求同存异，似乎这已经是很多人能做到的高线了。但实际上，这句话之中还是隐含着某种强迫的意味。因为一旦我们努力求同，就基本上注定不可能存得了异。我们应该做的是不求同，要尊异，当然，前提是对于一些基本观念和规则的认同，以及对于对方的尊重。

在我们的教育系统中，强调立场远远多过考量事实。比如“宁要神马神马的的草不要谁谁谁的苗”之类。热爱歌唱着“立场坚定斗志强”，而不真的热衷摆事实讲道理。所以，大专辩论会这样奇葩的玩意儿会一度在中国兴盛。如果仔细检视一下当下朋友圈因某件事和某个人而引发的互喷，你就会发现，那些景象和口吻很像当年大专辩论赛的又一次借尸还魂。我们向前走了几十年，但头脑里的一些东西还原地未动。

这种互喷有着种标志性的共性——发泄情绪多过理性说理，申明立场重于探讨事实。很多时候，引发讨论的具体事件和具体的人都很快变得不再重要，它们只担纲某种由头、中介和催化剂的作用，以便让人们好借势喷发出憋闷已久的情绪而已。所以，结果就是，在任何事情面前，左派都在抒发对于强力领袖的呼唤；自由派都能牵扯到自由与民主的要义；地域歧视者把哪怕一块月饼的甜和咸都当成佐证自己歧视观点的好机会；中国传统文化热爱者无论如何都得把一个科学问题拖拽到重塑中国人心的基调上，仿佛每天行跪拜礼，吃中药就解决了所有困境似的。除此之外，还有更多的人，借此类争议，把一切都变成了一场可以舒缓自己情绪的调侃甚至谩骂游戏。

根本没人在乎所争论的问题本身。

无论怎样，我们对于这种争论的热爱，目的既不是为了达成共识，也不是为了探明真相，只是愿意把快感停留于口唇之间。发泄本身的倾吐快感是简单易得的，而理性思辨，探索事实，得出结论则是沉闷的。这多像当年大专辩论会的样子，为了一个莫名其妙设置出的论题，双方拼命拉扯已经与事实核心离题千里的论点，到最后彻底沦为对于语言迷津和口唇暴力的自赏。

雄辩是有表演性和舞台感的，但如果我们习惯于长久地陷入撕扯当时的酷烈快感，那么我们就会更决绝地放弃对于事实层面的追寻。

现在，我们跳开那些一度被火热争议的问题表象，看看争论得到底是什么。比如，豆腐脑到底是甜是咸，争论的无非是地域习惯。我们得以用这个早餐中的俗常食物来认识到中国饮食文化的差异，但这种差异却挑战了自己积淀下来被认定为理所应当的习俗。裙子是蓝黑还是白金，在于我们第一次知道自己的身体构造以及自然光影的交织中，还会出现如此奇妙的差异性，但有些人却拒绝承认这些差异，当无法理解这些差异性时，就开始拒斥不同于自己的人。至于中医，我不信，那是因为中医的所有言辞都是文学性的而不是科学性的，有些人总把身体给文化化，变成一个用来调节所谓阴阳和酸碱平衡的文化想象体，但科学只把肉身看作骨骼、肌肉、神经、器官的组合，我们发生争论的基础实际上有关科学，但最终却沦为到底是否相信中国古老文明，以及是否“忘本”的问题。

我们本该科学的归科学，文化的归文化，不要互相绑架，混淆，胡搅蛮缠。但现在，在各种强大的利益动机和低迷的科学素养的挟持下，已经没人能探得那个科学的核心了。转基因更是如此，原本，我们应该用科学数据去探讨一个新生事物的正面和负面可能，但现在却被彻底演化成为一个国际阴谋论的问题……

好了，拆解了那些就能明白，我们撕扯了那么久，几乎就一直是在绕着事实外围打转，变成了一场彼此表态对决的游戏，根本没能向核心有效地迈进一步。

要解决这个问题，我们得分清楚引发我们分歧的类型，有些属于世俗层面，有些属于意识形态。前者，比如豆腐脑的甜咸，后者，比如看不看大阅兵。至于世俗层面——把这些争论当玩笑的那些人先不提——对于那些认真争论的人来说，应该明白，我们对待这类事物之所以在意，就是因为我们自己的视野过于狭隘。看到不同于自己的生活习惯和风俗，我们应该感到好奇和欣喜，而不是认为自己受到了挑战和侵犯。而至于意识形态方面，我们大可不必那么上纲上线，不懂得放松。

在现实中，我们应该努力把自己的生活去政治化，那些宏大的事情对我们的普通生活影响越小，渗透越少，其实就意味着我们会拥有更多自由。把生活打捞到日常层面，这本身就是一种解放。我们之所以对那些事物如此看重，只能说明我们被困在其中了。当有一天，我们对权力不是怒目相向，也不是卑躬屈膝，而是平视，甚至可以无视，很多问题才会迎刃而解。在现实中做一个日常的人，不要做一个政治的人。

当我们遇到一件引发争议的事情时，最好不要沉溺于表态，而是用相关的专业知识来求证事件本身，用理性的方式去向核心提问。

对不同意见倾听、分析、容忍，用对方的观点检视自己，如果能为自己纠错，这是一件好事，如果发现对方的错漏，你可以选择说理，但也没有必要剑拔弩张。更何况，有些事情根本无对无错，我们只是需要让自己承认差异性的存在而已。而对那些持有不同意见的人——那些所谓的异己——我们更应该尊重他们的存在，而不是在立场上逼迫对方投诚于自己。

很少有人愿意这样去想，但是异己确实比朋友重要得多。异己不会受到任何情感因素的影响，他们是我们最好的镜子。人人都会犯错，人人需要纠偏，人人需要反对派。不同意见是防止我们变得极端、钻入死角、陷入封闭，最终犯下大错的最好保证。

我们愈发变得单向度，这是一种粗暴的价值观。潜意识里希望自己的意识和意志变成统治状态的意识和意志，至少是绝对主流的和绝对正确的。但如果我们发现，在生活中，我们的意见总是被吹捧和追捧，那么一定是有什么地方出现了问题。或者，因为我们自己的狭隘，窄化了自己的世界，只让自己沉浸于一个严格而封闭的小圈子中；又或者是因为某些权力、财富的原因，周围的人不得不暂时违心地对我们进行阿谀。无论如何，这都是危险的征兆，远比处于到处充斥着不同意见的环境要危险得多。因为那很快就会让我们彻底丧失判断力。

多元意见的存在可以训练我们理性分辨的机制，最终达成自己的见解。这种方式才是思考，而不是灌输。当我们被规训得真的拥有可以穿越迷雾抵达真相的理性能力时，才能透彻地看待这个世界。而不是像现在这样，彼此攻陷，但早已离开事实。

我们能做的至少是，我的意见并不要求其他人必须顺从，我做到的，也不要求他人一定做到。我愿意为他人讲述我的理由，也乐于倾听他人的意见。不强迫，是一种很高的道德。

作为一个成熟的人，遇到分歧，我们应该做到这几点：

第一，有事实对错的事情，让专业知识作为标准。

第二，没有对错的价值观问题，彼此尊重，理性说理。

第三，所有歧视都是无知的，

但所有玩笑都是要宽容的。懂得自嘲。

第四，不要迷恋融入洪流以对抗另一股洪流的快感，

要习惯于独唱。

第五，记着，世界上的关系不是只有你服从于他

或者他服从于你。

生活不是拳台，不是以击倒对方为目的的。

我们不生活在斗争里，我们生活在和解中。

所以，按照理性的方式。我们可以重述一下三观。

我从小吃的豆腐脑是咸的，但是我知道南方的豆腐脑是甜的，我很愿意尝试一下，这很有趣。那条裙子在我看来是蓝黑的，在别人看来是白金的，这是自然界的奇妙反应，应该还有很多更奇妙的事情尚未被我们发现。我不吃狗肉，因为它不在我的饮食习惯当中，和作为文化意义上习惯于接受的那个宠物的形象有某种冲突，但我尊重某些特定族群的习俗，也能理解反对者的意见，并且深切的知道，这个世界上有些问题就是会长期保持冲突性的，这就是文化多元和复杂的本质样貌。在任何时候我都不会选择中医，因为用虫子和树根一起煮水不符合最基本的卫生条件，更遑论治愈疾病，我愿意把中医当作中国文化的一部分，而不是

中国科学的一部分看待，人们可以将其美学化，而不是科学化，用现代科学的方法去实验那些声称有效的中医办法，这才是对文化和生命都负责任的态度……

这样，是不是显得无聊了很多，缺少了很多撕扯的乐趣？但这才是一个成熟世界的底色。

你的孩子不是太阳，我们没必要围着他公转

25

每年，一到暑期，大批熊孩子就会出没在帝都的大街小巷和地铁上。他们顶着从故宫人堆里拼了命才买来的宫女头饰，拿着塑料小国旗，与提着大包小包的家长一起，一会儿排成人字，一会儿排成一字。尤其在地铁上，这些人会成为一道特有的夏日景观。家长们为了抢座位横冲直撞，他们的孩子也跟着他们有样学样的没规矩，在座位上扭来扭去，隔着一个车厢互相喊话，一会儿窜出去，一会儿又跑回来站上座位。作为家长，他们中的大部分人只会挺着一张黑红的脸，露出一排焦黄的牙，用淡淡的欣赏

目光看着自己的孩子。即使已经如此，在这群家长中，他们已经算是不错的一群，毕竟他们还没有亲自参与到这些熊孩子的追跑打斗之中。

有一天,在地铁上,上来一大家子,有人给孩子让座,坐下之后,站在旁边的小姨就开始逗弄孩子,做鬼脸,掐脸蛋,无所不用其极,每次互动都能引发孩子的狂笑，声音大得和报站广播不相上下。周围的乘客都一脸不耐烦的表情，那位当姨的还一边逗，一边说，“哎呀，你说谁家的孩子能有这么爽朗的笑声！”

中国的很多家长有一种奇怪的自我暗示:自己一旦有了孩子，全世界都得让着我。他们天然地认为，我的孩子就是太阳，你们都得围绕我的孩子进行公转。他们从未想到过，作为一个没有自我控制能力的孩童，在公共场合中的很多行为其实会对正常的成人世界构成干扰。但当你对他们提出这一点的时候，刚才还在扮喜羊羊的父母，马上就会原形毕露出一副最冰冷，最势利的表情，瞥一瞥眼睛说，“他们是孩子呀！”那意思就是说，你作为一个成年人，干吗跟孩子一般见识?对不起，我不是跟孩子一般见识,我是跟孩子的家长一般见识。他们是孩子,可你们是成年人。

为人父母的义务之一就是要教养好你们的子女。但问题是，中国的很多家长不是这样考虑问题的。他们只觉得孩子让自己拥有了一个有恃无恐的凭证，孩子是弱者，除了这个全世界公认的常识，还有那句具有中国特色的“尊老爱幼是中华民族的传统美德”为他们加持，所以，如果你觉得孩子冒犯到你，而你又不忍耐，那你就是恃强凌弱。这种流氓逻辑深植于很多中国父母的心底。所以，在地铁、高铁、飞机、饭馆等等封闭的公共场合，很多孩子都在肆无忌惮，不受控制地大喊大叫，左冲右突。一旁的家长总是默许甚或鼓励。这些孩子长大之后，会变成和他们父母一样的人，缺乏最基本的教养。

或许也不能全都怪罪到他们的父母身上。某种程度上说，他们的父母根本就不是成年人，只不过长了一具成年人的躯体，生理上具备了繁衍下一代的能力而已。他们的精神世界几乎还是童稚化的。这与整个社会环境息息相关，中国其实并不鼓励真正意义上的成年人。独立思考、批判和反省的能力，关注公共事务、有教养、知道自由与自律的边界、守法知德等等，这一切其实都在人们的成长期间默默地被消解。中国的环境希望人们具有成年人的身体工具性，可以工作、劳动、赚钱，但是思想模式最好始终封冻在童年的状态中。从官方层面讲，他们认为这样最安全；从家庭层面讲，在父母那一代看来，这样的人是“听话”的。所以一代代人都变成了一个个伪成年人。我们所遭遇的那些窘境，孩子造成的灾难式的吵闹和扰乱，都是父母不作为所引起的，或者说，都是由大婴儿照管小婴儿引起的。

中国人似乎没有什么公共空间和私密空间的明确概念。很多人不知道在公共场合的礼节，规范和自律应该是怎样的。所以你就会看到很多人在长椅上躺着睡觉，在地铁上用大包小包堵着门口，甚至鼓励孩子随地便溺，哪怕旁边就有公共卫生间。他们不以在公开场合敞露自己的私密行为为耻，也意识不到自己的行为是在侵犯他人。

直到特别晚近，我们的生活中才出现真正意义上的私密空间。之前，“私密”是一件暧昧的事情，在一个讲究集体概念的国度里，谈论私密，近乎忤逆，它似乎一直联系着某些不可告人的事务。后来，在政治层面上，私密渐渐脱敏，但在经济上，私密仍是一种昂贵的奢侈品，在穷困之中，追求私人空间如同天方夜谭。而如果私人领域一直无法理直气壮地言明权利边界，那么公共空间自然就更加无处构建。

人们根本分不清哪些事务、哪些行为应该发生在私人空间，而公共空间又由哪些元素所构成。更何况，后来终于有了公共空间和公共事务的概念，可因为某些政策性的原因，一旦我们真的关切公共事务，就可能涉及寻衅滋事这一类的罪名了。所以，我们一直在有意无意地被置于一种混沌之中。在这样的渊源之下，我们单独去强调私德、公德、教养和素质都是无效的。

你可以在私密空间内逗孩子，和孩子们嬉闹玩耍，玩得多疯都是你的权利，但在公共场合，这是不得体的。公共场合秩序的底线是自己所做的事不打扰他人，不入侵他人实体或者虚拟的边界。而并不是天然地认为自己所热爱的就是他人所乐于共同分享的。那些跳广场舞的大妈和那些鼓励孩子在地铁上大喊大叫的父母是一样的，他们用鲁莽和粗暴的方式入侵了他人的空间，却完全不自知。当你和他们讲述这一切，他们反倒会产生深切的不解。他们觉得自己的孩子那么天真烂漫，你为什么觉得厌烦呢？这就相当于那些广场舞大妈觉得自己身姿如此曼妙，音乐那么悠扬，你们不随我起舞也就罢了，竟然还来轰我？

直到现在，大多数中国人仍然只能明白看得见摸得着的边界，比如没有我的允许，我的房门你进不得，我的钱包你拿不得。但那些具有意义但缺乏实体的虚拟边界，在他们眼中被视同无物。比如在公共空间要保持安静的标识，比如在马路上不能实线变道，不得越过双黄线等等。这一切在他们看来既然没有实物阻隔，那就意味着可以肆无忌惮。比如马路上的各种线都是象征性的但必须遵守的规则，双黄线其实就是一堵墙。但在中国司机看来，线就是线，压过去你能把我怎样?

如果要做到让人尊重，最起码自己要知道哪种行为是值得被尊重的。你作为父母，要明白自己的孩子可能会打扰到别人，你要向孩子们明确大声吵闹是不对的，你要让周围的人们知道，你在努力管束、教育自己的子女，对于打扰到他们你很抱歉。这是作为父母最基本的教养，而不是摆出一副有恃无恐，尔等俯首的样子。

在当下的环境中，奢谈别的大道理都是妄想，我们只能从最基础的事情开始重头建设。比如，让那些家长管好自己，再管好自己的孩子。所有熊孩子背后都有默默鼓励他们的熊家长。这些家长最应该明白的是，你们的孩子是你们的太阳，不是我们的太阳，我们没有义务围绕他们公转。有了这样的意识，我们才能有基础去谈论更多的问题。

每当暑假到来，到处都充斥着大喊大叫的时候，我就会特别报复性地去想，有一天我要是能开个饭馆，一定挂个牌子，上面写明：熊孩子与熊家长不得入内。不知道这样的主题餐厅会不会大快人心。

亲戚到底是种怎样神奇的存在

26

有一天，一个非常要好的朋友在微信上突然对我说，“我把亲戚给打了。”我的第一反应是问，“你被盗号了？”对方说，“没有啊，真事。能逼我动手的，您自己体会体会。”

这位朋友是那种包容、豁达、教养极好、文质彬彬的人，能让他忍无可忍的人，估计接近某种意义上的罪大恶极。

他给我讲了讲情况，鸡毛蒜皮的家庭琐事，却特别真切地反映着中国式亲戚之间一切看不见、说不透、摸不着、捅不破，却总能感觉得到的东西，一种被亲情和血缘困住的无奈和厌恶感。

这位朋友的奶奶一直跟着他们家生活，老人有五万块钱，让我这位朋友的父亲存到银行，用他的名字。这事被我这位朋友的大伯知道了，不忿儿这钱为什么没给自己，却存到了兄弟的名下。大伯三番五次来到朋友家，声称朋友的父亲贪了老人的钱，我的朋友多次劝说无效之后气得动了手。

这之后，大伯干脆住到了他们家，以要为老人尽孝的名义不走了。一家人的生活全乱了，但朋友的父母仍然不好意思强硬地开口送客。

“我父母还总想着都是亲人啊，用亲戚、亲情那一套绑架自己。”朋友这样念叨。

在那之后，我们认真地聊了聊有关亲戚的话题。他说，“本来就不是一个世界的人，如果不是因为血缘关系，根本永远都不会来往、见面的那一种，就别往一块儿凑了。”

没错，凡是不可选择的关系，都是可疑的。亲戚就是最典型的一种。它被血缘框定，具有强迫性。DNA 是唯一的理由，而这理由粗暴且蛮横。

正常、健康的人际关系是一种可以选择的，经过评估之后彼此决定是否交往，以及以怎样的方式和怎样的深度交往的关系，但亲戚关系则完全没有经过这种适配化的双向选择，就被血缘给固定住了。与此同时，由于各个家庭的经济条件、文化程度、三观的不同，再加上复杂的实际利益纠葛，这就足够奠定灾难性人际关系的一切根基。

作为年轻的一代，我们愈发觉得没必要隐瞒对于三姑六婆的厌恶，更没义务假模假式地对亲戚表演亲昵。但对于我们父母一辈来说，亲戚就是亲戚，即使他们在其中被搅扰，也似乎从未想过还有一种脱离的可能。

某种程度上讲，中国式亲戚们还是很古典的，因为他们基本还秉承着农耕文明以及狩猎时代的聚集习惯，天然觉得血缘关系胜过后天选择的社交关系，但我们很清楚，实际上并不是这样。

如果我们去做适配化选择，亲戚中也会有一些与我们互相喜欢的人，我们会走得很近。某种程度上讲，我们之所以愿意与其交际，并非因为血缘的必然联系，而是因为血缘这层关系让我们得以相识，之后又经过了一次文化和价值观层面的筛选。本质上讲，它变成了一种非强迫性的关系。

而对于那些三观不合的亲戚们，我们的高线是有距离感的客套，我们的基线是，远离你。因为我们都清楚，有些事情是不可调和的。

仔细观察就会发现，当下，我们与亲戚之间不可调和的矛盾，有很多都是因为我们进化了，而那些被我们讨厌的亲戚们没有进化——当然，我说的是精神上。这并不是歧视，只是写实。他们仍然停留在一种过去的文明和经济制度所形成的心理和精神世界中，以那种状态与这个时代的人和事对接，矛盾重重是自然的事儿。

作为 1980 年代出生的人，我们是第一代从儿时就开始慢慢走出贫乏的人，但我们的父辈那一代人都经历过特别恶劣的时代，物质的极度匮乏先是奠定了他们最初的人格，争抢资源所带来的人性的扭曲与伤害几乎无法更改，之后，经济模式的变迁又将一大批人或甩掉或打败。那群人总有一种自己被当成了牺牲品的愤恨情绪，这也是为什么会产生“我弱我有理”的无赖心态的根源之一。在巨变的社会转型之中，人和人之间实际上已经彻底变成了几个不同世界的人，原本，就应该毫不相干，但囿于亲情和血缘,不得不发生联系和交互。而这又怎么可能顺畅地交互呢?

很多人误会了，亲戚之间的血缘和DNA确实是不可能割断的，但，是亲戚不代表一定有亲情，感情是一个更加复杂的事情，它需要双方对于很多事情及价值观有高度认同才能达成，而不是只要具备高度相同的基因群组就一定可以自动生发出来。所以，亲戚之间那些尔虞我诈，幸灾乐祸，妒人有笑人无，没什么难理解的。从一个根源生长出几串枝桠，长成不同的样子，彼此无法再合拢，这再正常不过。

所以，没有期盼，就不会有幻灭。

但我们父母那一辈对血缘有一种近乎盲目的迷信，血浓于水的观念让他们即使付出再沉重的情感代价也似乎在所不惜。他们经常挂在嘴边的一句话就是“毕竟都是亲戚。”

其实，血缘不算什么，文化塑造和价值观取向才是考察人们亲近还是疏远的更重要指标。时代变化到如今，我们就能看到一个明显又有趣的差异：我们父辈的人更看重地缘和血缘的远近，而我们自己则更看重兴趣和价值观的异同。

对于我们父辈来讲，老乡、亲戚是必须也必然会使彼此变得熟稔的前提，而对于我们来讲，某个豆瓣小组的同好，某个知乎问答中的知音，都远远比亲戚和老乡要热络得多。这是一种价值观和文化的冲突。我们得承认，有些这类的冲突在客观条件没有发生变化的情况下，是不可调和的。我们与父辈之间的价值观差异其实是建立在普遍的社会变迁之上的。他们出生并长大于熟人社会，而塑造我们价值观的几乎已经是陌生人社会。所以两代人对于相信谁，亲近谁，用怎样的方式挑选和介入人际关系，是不可能互相认同的。

从我们的视角看他们，他们的观念迂腐、低效、自我伤害又伤害他人，但即使你把一切利害关系摆出来给他们看，他们仍然不愿意承认和面对这一切。其实，这涉及更深层的安全感问题，在他们看来，失去了地缘和血缘关系的庇护，熟人社会的纽带就被斩断了，在他们的观念和感受中，就等于失去了与安全世界联系的重要通道；而我们不同，我们从来就没想通过什么途径通往熟人社会，我们的安全感来自于价值观相同的朋友。这也是为什么，父辈们无法理解网友，而我们无法理解亲戚。所以，反过来，从他们的角度看我们，我们冷漠、自私，没有家族观念，结交的朋友底细可疑。

相比于亲戚，朋友让我们更放松，距离更近。无非就是因为，这种关系是经过筛选的。从这个角度来说，亲戚是一种垄断的生意，而朋友是市场经济的产物。自由市场的结果总是好过配给制度。这不只是在经济上适用，在人际关系上同样如此。

我们这一代人总会觉得，似乎自己总碰触到众多纠结的问题，无法解决。其实，那些都不是谁的对错，而是文化冲突，这个社会变化得过快了，我们作为个体，有些人超越了时代，有些人跟上了时代，有些人被时代远远甩掉了——无论物质还是精神——但是这三种人仍然在同一个物理空间生活，一旦因为某些原因产生交错，冲突是不可避免的。

具体到亲戚，避免发生冲突的唯一方式其实就是不和那些三观不合的亲戚来往。真的，我们的上一辈总觉得这种方式决绝而不近人情，但是他们并没有什么其他的办法可以让自己解脱于那种负面的情绪中。他们总是希望以老好人的方式去柔和地抚平一切。

但老好人的下场其实是很惨的。我的那位朋友的父母，因为生活已经被打乱，又不好意思把亲戚轰走，所以只能自己想办法委曲求全。你看，中国的很多事情，处于灰色地带的时候，就是狭路相逢无赖胜。

作为有尊严的人，我们确实无法把自己拉低到比无赖还无赖的程度，但对于无赖来讲，耍无赖是他们的生存手段，道德和体面就是一个笑话，而对于我们来说，却成为了包袱。所以，有些事情只能简单粗暴地解决，那种腼腆的、留有余地的、体面而迂回的处理方式，对于不讲究这些的人来说，根本不起作用。

从根源上讲，彻底的解决方案就是与无赖物理隔绝。这是没有办法的事。因为无赖的基本逻辑就是“我就这样，你能把我怎样？”所以，当你不能怎样的时候，唯一的方式就是阻断。虽然这会让你觉得从情义上有些过意不去，但是两害相权取其轻，没办法。

我们得承认现实，我们的血缘谱系中，不一定就都是明事理的，也更不一定都是彼此关爱的，血缘关系是偶然且毫无选择的事，所以，我们只能后天去筛选。远离该远离的，亲近该亲近的，别被血缘绑架，不然，最终受伤的只能是我们自己。当然，我们还应该检视一下自己，别成为别人眼中的熊亲戚。

偶像的侧面

我们身边的人，更多的时候总是
沉浸于一种表态文化之中，
强迫别人表述自己对于一个人到底是
热爱还是厌恶，似乎对于一个人的
态度必须是这样两极分化、
爱憎分明的。
很多人真的不清楚一个人是
多么复杂的生物，
哪能用爱憎去分割呢？

“中国式男人”

郭敬明

27

如果不是因为工作，我可能永远都不会去读郭敬明的小说。人们都有一种奇妙的本能，知道你该亲近哪类作品，又注定疏远哪一类。郭敬明出现在各种精心布光的写真照片里，在雍容的卧室里伸懒腰，在华丽的吊灯下端着酒杯，和他的很多文字一样，有一种故作浮夸和近乎挑衅的人造感。这种刻意营造的形象就像一块边缘锋利的磁铁，让很多忠粉奋不顾身，也让很多厌恶者避之不及。

显然，郭敬明更加会对那些在憋闷的小城里，穿着肥大的校服，终日备考，心心念念着魔都的小镇姑娘们产生吸引力。他塑造出的悲伤、甜蜜、丰裕又残酷的青春，无论如何也不会对我这样一个生活在大城市里的天蝎座直男产生粘性。

但我越来越发现，我们无法避开他。他把自己活成了一个符号，无论你喜不喜欢。当你谈论这个时代，你总无法避免去谈论郭敬明。

某种程度上说，他下意识间或主动地向这个时代投怀送抱，时代也回吻了他。他与时代合谋着奔向成功，但却一直沉陷于一种甩脱不掉的嘲讽、质疑和不屑之中，即便日后，这一切都在悄悄扭转，但仍然没能完全转向。

所以，我决定和他聊聊。我读了他写的文字，也读了别人写他的文字。他的那些作品如此苍白、无聊但却能精准无比地投喂给这个时代的小城女生，而别人写他的文字中大都充满恣意的偏见和隐藏的嫉妒。无论如何，我都越来越觉得，这个一直被标签化的小个子男人，其实况味复杂。

我见到他的时候，电影《小时代》正拍到第三部。青春文学火爆的时候，郭敬明也算半壁江山，青春电影火的时候，他又一次当仁不让。对于郭敬明的商业判断，即便最讨厌他的人也会赞叹不已。

但我和他的那次对话，反而没太多聊电影，倒是故意聊了很多“大问题”，比如贫富差距，比如垄断企业，比如移民，比如特权……他都一一回答，毫不回避，但仔细想想，又像什么都没说，回答得滴水不漏。

后来，总有朋友问我对郭敬明怎么看？好像，这个染着金发的瘦小男人总带给人们太多的困惑。人们已经不知道该如何去解读他，或者说，不知道该如何解读从他身上反射出的自己。

每当有人问我，如何总结郭敬明的性格。我都会说，郭敬明就是个典型的“中国式男人”。听到这些，朋友们大都会很惊讶。在他们心中，郭敬明离“男人”这个词汇好像有点远。在很多人心里，他阴柔、瘦弱、热爱谈论面膜和自拍，这显得很可疑。可等我和他们说完郭敬明的特质，他们基本上都不再说话。这么说吧，他只是热爱打扮，除了脸上的脂粉，他有一颗小农男人的心脏。

最初，当郭敬明刚刚出版其处女作的时候，人们其实并未太多地关注过他，或者说，即便关注，谈论的也无非就是有关他写得到底怎么样，那些到底是不是文学之类。现在想想，那时候，无论媒体还是普通人，都单纯得可爱，仍然对于文学和作家有顽固的迷信。喜欢或者厌恶他的人，都没有从另外的方式去想这个问题。其实，郭敬明从最初就不是一个传统标准意义上的作家，他是一个“青春期精神需求产品”的提供商。他的那些文字，为那些憋闷的青春提供了一条舒缓的通道。所以，我们根本不该把那些文字纳入文学的谱系，而是应该纳入消费品的框架。

多年之后，人们才渐渐洞悉了这种身份的暧昧。他是一个商人，只不过提供的产品是小说和电影。他用商人的嗅觉去贩卖那些很多人原本认为不应该是商品的东西。

北京的初夏，还没进入最溽热的季节，在北京东边的一座摄影棚里，我在那里等他。他在四五个人的围拢和簇拥之下，穿过一条狭长而幽暗的过道，慢慢地走过来。周围的人都是他的助手，瘦小的他站在一众人中间,好像一切都理应如此。他礼貌地寒暄，握手。右手冰冷而瘦弱，不用力也不敷衍，点到为止。他坐下来，把咖啡杯放到一旁，说，我们开始，先拍照还是先聊天，都可以。此时的他是导演，商人，资本家——那个时候，他提到正在为自己的公司谋求上市的可能。

他站在空旷高大的摄影棚里，在聚光灯下，熟稔地侧身、微笑，拿着一卷废旧胶卷，按照摄影师的要求抻开，扔出去，一次又一次，等着摄影师抓到一个完美的瞬间，不厌其烦。摄影师布光的时候，他刚坐下，就有人随时把连着充电宝的手机送到他手里，他发发信息，再还回去，重新面向镜头，又是一副标准化的微笑。他要换的衣服，一件件挂在旁边的衣架上，CK 一类的牌子，不豪奢，当然也不寒酸，只是那些衣服都不再有明显的 LOGO。

“你看，我现在的衣服哪还有那些明显的牌子呢？”坐在我面前，他吞下一口咖啡，“确实过了那个阶段。不需要了。”

他口中的“那个阶段”指的是他在网上炫富的那个阶段。仔细想想，他或许从未真的意识到自己是在炫耀财富，可能后来，他长大了，回望过往的时候，才意识到外界对他的评判为什么加上了“炫富”的标签。

他真的大面积进入公众讨论，开始产生席卷规模的谩骂，也是从那时开始的。他张贴自己豪华住宅的照片，宽阔的露台和巨型吊灯，他乐于说着一个杯子数千元的故事，乐于陈述有关 Party 和享乐的种种。

从那时开始，郭敬明就成了靶子。

不知道该说他聪明还是笨拙，他有意无意地把自己现实中的角色和自己小说中的角色搅拌在一起，在虚构中描绘声色犬马，在现实里也表演浮夸和荣华。一个人不能把自己标签化，就不会被人记住。他利用了这个定律，也收下了那些代价。

说实话，对着他抛出蜚短流长的人们，心态有些拧巴。中国这个剧烈的转型期，其实就是一个鼓励消费的时代，只不过囿于一些特殊状况，这种辞藻无法明说罢了。但每个人都在尽力把肉身投放于享乐。从这个角度去讲，郭敬明无非说穿了这些。他热爱享乐，对此毫不掩饰，他避免沉重，努力取缔精神空间，留下奢靡的肉体。按理说，他暗合了这个时代的主旋律。

或许，我们还是喜欢那种只做不说的状态，但他砸碎了那把遮面的琵琶，这让很多人生气。而且，他炫耀的姿势有时不太高级，炫耀得时常露怯。但更重要的是，他让很多人嫉妒。很多人因为自身的焦虑，才投射出了恶意。

郭敬明作为 80 后的一员，在他开始炫富的那个阶段，也正是其他大多数普通 80 后刚开始走进社会的时候。这些年轻人第一次感受到强烈的挫败感，他们的劳动力价格变得十分低廉，而资本价格却变得异常高昂，即便他们拿着看似体面的薪水，和物价相比，也让他们感到无力。而整个社会也开始亲眼见证着剧烈的贫富分化的外显。如今，理性地想想，很多人不一定真的讨厌他，而是在他身上看到了失败的自己。

那段时间，郭敬明好像也很倔强，或者说，不知道该如何与外界相处。他总有一种憋着一口气的执拗，我自己赚的钱，我想这样去花到底碍着谁的事了？“我的价值观是从小形成的，只要不犯法，靠自己的双手，辛辛苦苦工作过上好日子，别人就不要干涉我，你管我怎么花钱，管我怎么去选择我的人生，我又没有去杀你，没有去走私、贩毒，我合理地享受生活。我赚了这么多钱，不用就对了吗？还是说要全部捐给别人？这是一种道德绑架。不能因为有钱，就定义这是罪恶。”在炫富的那个阶段过去了近十年之后，他坐在我面前，平静地说道。

郭敬明自从出道以来，基本上就一直在吸收着中国无尽的恶意。他的作品、他的举动，甚至他的身高都被嘲弄。大多数人还没能力分清不屑于一个人的作品，和嘲笑一个人的生理特征，两者有着本质的区别。教养，和蓝天一样，是我们的稀缺物和奢侈品。

郭敬明是个小城青年，这决定了他一路上都有一种与生俱来的谨小慎微。他从未大张旗鼓地批评过谁。从四川的小城到上海，初来乍到，带着某种对魔都的憧憬和恐惧，学着一门需要用钱财堆积的专业，连购买设备都是一种经济负担。他是那种天生渴望成功，并且觉得必须要成功的人。某种意义上来说，这奠定了他后来的可能性，也造就了他日后的问题。

长久以来，在中国人的心目中，作家总有一种德高望重的形象，中年，臃肿，写作的内容必须与大地、历史和苦难相关。但郭敬明不是，从一开始他写作的东西就都是小情小调。“问题是，我们没有经历过那些历史性的事情，饥荒一类的，我们的生活就是谈恋爱，分手，你男朋友出车祸去世，算是最大的事了。”他摊摊手，诉说着自己经历的“小时代”的琐碎。所以，他觉得他书写这些才是忠实的，不虚假的。

对于主流社会来说，这近乎颠覆。他写的不是文学，反而是那种典型的、老师要在课堂上没收的、会影响学习的小说。但就是那些东西开始第一次切中了同龄人的心脏。郭敬明不但描摹着小城青年莫名其妙的青春期悲伤，也给他们逐渐塑造起一座梦幻之城，都市化的景观和消费主义的情节，给那些终日陷落在备考真题面前的孩子们一条纾解的通路。这个时候的郭敬明想的其实并不太多，无非就是多赚钱，要更多的版税，改变自身的生活。“我那时候刚出书，想的就是版税怎么多一些，不像后来，已经考虑一个版权的很多可能性，怎么去融资，如何与电影结合等等。”多年之后，他坐在我面前，云淡风轻地说着当年的自己。

那时，他懵懵懂懂，不知道如何与成人世界相处，也不懂得如何打理自己的造型。所以至今仍能看到那些照片，他顶着一头自以为是的黄发，犹如杀马特的标准画像。“没人和我一样，有谁让我做个参照？”郭敬明看着我说。他说得很真诚，不是炫耀自己前无古人，而是陈述一个基本事实，他也想有人为他提供一些经验，甚至给他一些指教，让他少走弯路，但问题是，谁都没有经验。我和他聊起，在最痛苦的时候会给谁打电话，诉说些什么。他说，没有谁。谈心没用，我连宗教信仰都没有。谁帮你都过不去，只能靠自己。他说自己一直摸着石头过河，摸到宝石就是收获，摸到匕首，就有伤口。

于是，他挑选着上节目、接受采访、谈论文学和商业，一次次陷入莫名其妙的口水。后来，他被法院认定抄袭。人们终于找到了一个抓得住的把手。在抄袭这件事上，郭敬明做错了，这没什么可争论的，但问题是，有很多抓着抄袭一事唾骂他的人，其实并不是真的因为抄袭才讨厌他。这成了人们等了许久的借口，就像有些人一直因为其他原因看着谁不顺眼，终于等到他犯了个错，就有理由开始说起，早就看他不是个东西了一样。

无论是那部被判抄袭的作品，还是其他作品，其实郭敬明的小说质量都不好，从文学内容的角度去考量他，是没有必要的。从很早开始，郭敬明就有意识地向商业领域进军。他从未把自己当成一个完整意义上的作家，他开公司，签作者，最初，很少有外人明白这个人到底在做什么。在他们心里，你写作就去写作，为什么还成为了一家公司的老总？那个时代并非每个人都能理解这种转变，不像现在，任何人都随口谈论着做风投的黄晓明或者在股市上大放异彩的赵薇。在那之后不久，他似乎又惊世骇俗却也理所当然地成了艺人，代言广告，上“快乐大本营”，被一群演员环绕。

那些最初对他不屑的人们好像失败了，他们原本认定，这个矮小的作者会带着人们的嘲讽稍纵即逝，但他却日益变得无孔不入。更重要的是，当金钱愈发成为衡量我们社会成功与否的标准时，这个他们曾经不屑的男孩，却用大量现金证明了自己的价值。这突然间成了一记响亮的耳光，扇回了那些人的脸上。那些一直嘲讽郭敬明的人们，一如既往地失败了。

人们开始气急败坏地嘲讽他的身高，他的阴柔，但谁都知道，那些都已经撼动不了什么。“我真的开始不在乎，开始可以自嘲，是从我后来拍电影开始的吧。之前我上‘快乐大本营’的时候，我还特意和何老师讲，身高这个梗最好不要……”他用手在半空横着划了一条线。后来，他可以和何炅比着自黑身高。从那时开始，郭敬明变得更加自由，他开始无需用一种与众人对抗的方式证明自己的正确。

郭敬明真的让我产生一丝好奇的，其实是因为他的教养与性格。很少有人能在吸收如此多的恶意之后，还并不以恶制恶地还击，至少表面上如此。

他出道多年之后，性格有很多变化。最初，他刚做公司的时候，也一度闹得鸡飞狗跳。下属不接电话，他就会大发脾气，以至于一度，他的下属都把他的电话来电铃声设置为婴儿哭或者警笛响之类。“现在不会了。没接电话，我就发个短信过去，告诉他们具体的事情。”他淡淡地说。现在，他对于一切有了更多的安全感，对自己，也对他想要把握的这个世界。

用北大学者钱理群创造出的概念去分析，郭敬明几乎就是一个“精致的利己主义者”的天然代言人。很多人觉得，他应该像某些同辈那样问及公共事务，敲打这个社会，针砭时弊之类。但郭敬明挟持着巨大的影响力，从未那样做过，目前看来，也没有任何想要那样去做的打算。

我和他聊起这些，他并不回避。他说，对于公共事务，他关心，但他不懂。不懂的事，就不想去指点，他怕说错。他知道该有律师，也该有记者，但同样也应该有人做一些与此无关的事。他只想写那些关于爱情和失恋的小说，拍那些被人诟病为 MV 一样的电影，让大家在周末感到放松。他也提到了不公这个问题，他相信，任何垄断的国企也不是什么都不干白拿钱的。他说，他不会移民，只是因为他喜欢这里的食物，熟悉这儿的环境。他更愿意把时间用来多赚钱，把父母照顾好，给他们买大房子，不想因为他自己没钱而当父母生病的时候无能为力，那是他最受不了的地方。他还有着孝顺的底色。他说这些话的时候，看得出，有一些发自肺腑，有一些出于迂回。他知道尖锐的代价，他懂得取舍和回避。

你看，这一切难道不都是典型的“中国式男人”的样子吗？只顾低头赚钱，绝不抬头看天。努力让生活变得更好，然后再好，然后，也就没有然后了。对于体制问题，对于公共事务问题，对于那些有关公平不公平的问题，他们看在眼里，在心底深埋。秉承着多一事不如少一事，尽情享乐的原则，郭敬明做的，难道不是那些批评他的人们，一直奉为信条但又没能力达成的吗？既然如此，很多人骂他，骂得到底是谁呢？

我们身边的人，更多的时候总是沉浸于一种
表态文化之中，强迫别人表述自己对于一个人
到底是热爱还是厌恶，似乎对于一个人的态度
必须是这样两极分化、爱憎分明的。
当我说出一些郭敬明被误解的地方，他们就认为
我是他的粉丝，在为他开脱；当我说出郭敬明糟糕的地方，
他们又认为我是黑他的。
很多人真的不清楚一个人是多么复杂的生物，
哪能用爱憎去分割呢？
我小的时候，每天都缠着我爸问他变形金刚里
到底谁是好人谁是坏人。
我觉得，当下很多成年人的心智还都停留在
那个呆萌的阶段，而我则更想看看复杂的郭敬明。

当你坐在他跟前和他慢慢聊天，剥落掉他所有的符号，就能发现很多不同的东西。比如，他的孤独，他曾经的假装坚强，以及他内心真正的坚韧。很多人觉得郭敬明每天生活在 Party 里，但实际上任何有脑子的人都知道，这样的人该会有多忙碌。他每天照顾公司的日常业务，和不同的资本方谈判，晚上完成数千字小说，还要筹备新电影的开机。但他发了一张 Party 的照片，就被理解为夜夜笙歌。

我问他，你有朋友吗？很少。他想了想这样说道。我问，如果你失去了现在的名声、财富和这一切，还能来你身边的有几个人？四五个人吧。他说。

和他同龄的人们，大多数人现在都在为了生活疲于奔命，而郭敬明却开始算计着下一部电影到底能达到几个亿的问题。而那些可以与他谈论这些的人，显然只能成为他的生意合作伙伴，而不是推心置腹的朋友。他说，每年回家过年，还会有少数几个小伙伴一起胡闹和唱歌，他们聊的都是小时候的故事，谁和谁打斗，谁被老师批评……没有人把他当作那个海报上的郭敬明，他仍然是那个班里瘦小的同学，现在混得好一点而已。但大多数同学，仍然无法来往。

郭敬明以前的同学们现在境遇各异，有人做了医生，有人在当地的小电视台身兼数职，有人考了公务员，有人在医药公司做销售……他们与郭敬明擦肩而过，然后彼此奔向不同的方向，从此再无交集。对于那个老同学，他们只能在新闻和绯闻中读解，在周末的湖南台黄金档看着他与杨幂、何炅玩游戏。有人羡慕，有人无奈，有人觉得命运就是如此，没什么可聊的。

多年以来，我们都变了，从最初在校园里憧憬着未来和爱情的孩子，变成了真的经历着未来和爱情的主角。有时，觉得现实比想象得要好，有时，觉得又比想象得要糟，但注定是和想象不一样的。那些在小城里捧着《悲伤逆流成河》的孩子们，有很多最终奔向了大城市，见证着繁华而陷落于逼仄，他们开始知道真正深切的悲伤不只来源于恋情，更来自于生存。那些曾经追捧他的人，和辱骂他的人，如今都同样沦于平庸，而郭敬明，作为他们的偶像和靶心，却成为了资本市场的宠儿。他一直以为别人制造幻梦为生，但最终，只有他自己一直真的享有那场奢华的梦境，其他人则一次次地在惨白的现实中醒来。

我们最初凭借本能和第一印象评判一个人，倾向于用最浅薄的、单向度的、扁平化的方式去框定他们，歌唱或者谩骂，称呼他们英雄或者小偷，似乎，人就永远应该处于这两种极端的状态中，供我们崇拜和诋毁。但渐渐地，我们长大了，知道这个世界是立体的，是多维度的，复杂到难以言说。

郭敬明就像一面镜子，映照着整整一代人的倒影，人们对他指指点点或者赞赏有加，其实或多或少都是在投射自身的焦虑和欲望。长大，意味着我们得学会用更复杂的框架去审视一个人，而不是简单地嘲讽、崇拜、不屑或者谩骂，我们能重新解释一个公众人物，就是在重新审视我们自己。

韩寒是中国的幻象，郭敬明是中国的真相

28

代笔门事件之后，韩寒再也不是原来的那个韩寒，但小四一直还是那个小四。代笔门之前，韩寒战无不胜，绝无对手。但方舟子的一次指控，虽然没有直接的证据，却用逻辑链的方式让韩寒第一次遭遇信任危机。从那开始，韩寒的阵脚开始混乱。

他开始拥抱电影工业，这是个错误但又注定的选择。

一直以来，韩寒就是一个单打独斗的英雄，独自与一架庞大的机器作战，他的痞子英雄基调就是建立在这样的基础上的。但是，他却选择了把自己纳入电影的系统。这是一门需要多人

团队配合，需要与资本对接、谈判，混杂着坚持与妥协的艺术，或者更直接地讲，它更多的是一种妥协和遗憾的艺术。电影不同于写作，它耗费太多精力与物力，无论导演或者编剧，都只是整个环节上的一颗螺丝钉。当韩寒变成一颗螺丝钉，他的意义就被消解了。

按照韩寒的审美，他不可能完全偏向于大多数普通底层观众的一边，只寻找俊男美女插科打诨。他要让自己的电影具备某种意义感。从这一点来讲，他就已经输定了。对于中国电影的看法历来分裂，评论和票房各执一词，水火两边。这主要是因为精英在发言，屌丝在消费。但票房是由真金白银发声的，韩寒不可能收获那些人民币的投票，但小四可以毫无心理负担地做到这一点。在那个夏天，韩寒亲手把自己送进了小四挖出的一个大坑——虽然后者都无意让他跳进来。

韩寒与小四其实就是这个时代和这个国家的一币两面硬币。韩寒出生在上海，虽然是郊区，但他也是大城土著；而小四生长在自贡，他就是个小城青年。当韩寒把上海的高楼大厦当作理所当然的背景，都不屑于去谈论的时候，小四还在拼尽全力向上海进发。这是他们各自的出身，谁都不可逾越。从此之后，他们各自的精神谱系和三观就都被框定在这个基因之下了。当他们二人成名之后，中国人的一切焦虑、愤懑、希冀、绝望和争议都被浇筑在他们身上。他们不再是自己，而成为了人们想象出的两座塔标。公众对于他们寄予了不切实际的希望，也给出了完全不着边际的批判。

对于韩寒来说，上海的一切天经地义；但对于小四来讲，进入上海无异于一次“文化休克”。郭敬明初入上海时遭遇的语言障碍和与同学之间的疏离，令他本能地将其放大成一种文化和经济上的歧视。这直接造成了他的凤凰男气质：必须要成功，用最绚丽的成功符号证明自己的存在感。这是一种悲壮的逆袭。但此时的韩寒还沉溺于对学校体制的不屑和玩玩闹闹之中，对于未来，他没有“一定要争气”的小城气质，一切都风轻云淡。

如果不是后来的博客时代，两个人的喧闹程度也不会是另外一副样子。两人公共言论的话语方式，以及各自公共形象的建构，让他们产生了奇观式的差异对比。其实，客观地讲，韩寒和小四都是标准的享乐主义者。这个时代出生的人大都如此，这并非他们的对与错，而是他们自己也无从选择的。1990 年代之后，消费主义开始大规模盛行，这是权力者和普通民众的一次共构。在这样的背景下成长起来的一代人，必然有着这样的取向。但韩寒和小四却用各自不同的方式，包装了各自的享乐主义风格。

韩寒一直把自己打扮成雄性动物，不掩饰也不下流地泡妞，狂热地热爱赛车，他把自己装扮成一个风流的、个性的、对大多数人的生活方式不屑一顾的侠客形象。而与他相对的小四则一直是以一种阴性的形象出现，他不嚣张、不指摘，毫无攻击性，用感性的文字表达青少年特有的忧伤。他们的公共形象构建得如此分明，从此开始吸引了不同的消费者。他们都应该感谢对方，各自无意中成就了中国文化领域的蓝海战略，而不是针对同样的受众相互厮杀。

从批评白烨开始，韩寒以其特有的狂妄，无意中塑造了一个整体主义的敌人——传统和权势。日后，他主动地、有意识地把这个敌人明确化，尤其是后者。韩寒的发迹，是从对文学界内部开刀，然后逐步走向更广阔的公共批评领域的。就在韩寒对于文学传统的把持者以及更广阔的权势系统进行公开叫骂的时候，终于懂得如何改变自己外部形象的小四却开始以顺从的姿势表达着自己对于前辈的敬重。无论是与黄永玉的撒娇式采访，还是加入作协，郭敬明都显露了一种典型的“中国晚辈”形象，即使他的装束过于妖娆，但他的精神内里却显得无比传统。

如果韩寒是匕首与投枪，那么小四就是冰激凌与蜜糖。这足以搅动起整个知识界对于两人态度的分化。韩寒与小四绝妙地成为了一批“价值观想象共同体”的完美代言人。韩寒反权威、反建制、独立、批判，是象征自由的一颗子弹；而小四，则成为小城青年的楷模，他构建出的世界成为了消费主义者们的终极梦想，而与此同时，小四被知识分子描述为软弱、顺从、只知享乐的臣民。在一个时段之内，韩寒是喧嚣的胜利者，虽然他并没有赚到太多真金白银，但他赢得了无法变现的名声；而小四是个沉默的失败者，即使他闷声发大财，但他成为了委屈的孩子。

韩寒与小四的不同选择有各自的性格原因，也有着其不可逾越的出身框定。小城青年郭敬明选择了最本能和最不会出错的，谨小慎微和不树敌政策，这几乎是他当时为数不多的可选择战略之一。他当时还没那么成功，还没有更多的资源供他挑挑拣拣，他还需要顾及他人。多年之后，这一切都开始变化，甚至是反转。

中国的一切都瞬息万变。喧嚣不久之后，有些微妙的变化开始了。实体世界中，创业者开始显露战绩；网络世界中，权力对于批评者的纵容即将告一段落。一直在单打独斗中持续获胜的韩寒仍在自己的轨道上前进，而郭敬明已经开始组建团队，向企业家的身份进军。后来，韩寒也组建了公司，偶尔谈论着资本、盈利和年会的话题，变得像个羞涩的老板。他似乎永远也无法像郭敬明那样正大光明地,带着志在必得的语气去谈论金钱与公司。

那年春节前后，韩寒突然遭遇了方舟子的质询。然后他开始一边抵抗一边乱着阵脚。但此时的郭敬明则一边稳定推进着生意，一边对曾经无数次嘲讽他的韩寒默不作声。在习惯于吹捧奉承和落井下石的环境中，这一次，郭敬明由沉默而流露出的教养让某些人大为震惊。如果仔细观察，你就会发现，郭敬明其实一直如此。他从未公开指责或者嘲讽过任何一个人，最高调的反抗也不过是针对韩寒说他与郭敬明“男女有别”之后，做出了一点点不屑的表态。没有人知道，韩寒是否会默默地想过这个细节。韩寒曾经的一些批判，精准而锐利，但另一些却仍然也有着缺乏教养的一面。他身上仍有着他自己批判的气质和特性，无处逃脱。

在“方韩大战”结束之后，韩寒向内转向得异常明显，虽然他自己并不承认这一点。但他极少再凑热闹，火力全开的日子一去不返。从受众层面上讲，一直被持续消费的韩寒，“方韩大战”成为了一次透支的节点。在那之后，一大批粉丝对于韩寒的热情开始退潮。但郭敬明开始了他电影的征程。从写作者到出版商，再进阶至公司管理者以及如今的导演，郭敬明的线索清晰而稳定，从单线程的自我成就，过度到了结合各类社会资源和多重资本的时刻。他过于瘦小，过于时髦，谈论的话题过于自我，所以成年社会很少愿意把企业家这样厚重的名头放在他的头顶。但他真的是一位企业家，成功而干净——除了当年的抄袭丑闻，单纯讲他的生意，那要比中国大多数生意人都来得透明，这是个不得不承认的事实，至少到今天还是这样。

对于郭敬明来说，电影是他的又一顶王冠。他适合这个场域，俊男美女、珠宝华服、商战与爱情、死亡与背叛，郭敬明可以编撰出这样具有视觉美感，嫁接于都市又微微脱离于现实的作品，那是甜品和毒品的混合物，令人迷醉。此时的他已经成为了横跨娱乐界和资本市场的大鳄，在片场，在一众明星之中，郭敬明才是真正的明星。此时的韩寒却还在方韩大战之后还魂，重新寻找证明自己的方式。很显然，曾经的杂文已经不再能引人注目，微博大 V 的集体性沉寂、舆论政策的变化都在证明，他曾经赖以生存的土壤发生了变化。更何况，他自己也无法再通过重复过去获得进一步的殊荣。电影，几乎成为了韩寒唯一的选择，但这一步是注定的错误。

韩寒不适于如此复杂的人际关系，他需要与太多不同的领域发生关系，照顾不同人的情绪，不再能随意发表观点。那个声色犬马的圈子，韩寒既不能表现出全面拥抱的姿势，又不能真的表演得像坐怀不乱。而政策对他也毫无利好，相比于出版政策，中国电影有着更为明确且提前的审核机制。这一切使得韩寒的电影最终也无法留下多少棱角，而那些必须被舍弃的却正是韩寒所需要的。但郭敬明的电影作品安全、圆滑。在这样的大背景下，郭敬明是被欢迎的。

韩寒用自己的弱项撞上了郭敬明的强项。但韩寒已无回头路，也不可能有别的选择。要不，他能做什么呢？赛车那样小众的运动难道真的能给他带来持续的名声吗？那只不过是只有他自己在意和认真的爱好而已。

对于韩寒来说，他的未来只有两种选择：第一，从言论领域更进一步，然后由言论走向行动；第二，走向平庸。这是个尴尬的悬崖，两边都是不甘。对于第一点来说，成为父亲且一直乐于享受世俗生活的韩寒不可能选择，所以他目前正走在通往第二点的路上。这不仅是韩寒的悲哀，也是中国的悲剧。一个以意见为生，以观点成名的批评者，在当下的中国，注定有着无法突破的天花板，当他撞上，就只能折返、下落或者寻找其他迂回的方向。

现在，基本可以判断，韩寒已经不再能找回曾经的荣光，他最好的方式就是过两年，带着萌萌的女儿参加一季《爸爸去哪儿》，但对他来说，这样的做法似乎过于透支曾经建立起来的形象，必须谨慎对待。而郭敬明仍在上升，如果不出意外，他将继续拓展自己的尝试领域，比如成为一名设计师，进入时尚领域，比如让自己的公司上市。这到底是谁的胜利，谁的失败的呢？又或者根本就没有胜利与失败。

给汪峰的一封信

29

老汪：

你好。知道你最近在忙着全国巡演，就不给你打电话了。最近终于有时间，和你讲讲前几天那篇报道的事情，不只是给你解答你的那些困惑，也是我自己梳理一下我的想法，顺便聊聊艺人和媒体的关系。

五一前后，我对你做的专访发表。文章标题为《汪峰的成功学》，封面标题叫《消费汪峰》。报道一出，你本人以及你的团队纷纷给我打电话，质询我为什么没有给你们看稿子，并且提出稿子不能上网等等要求。

你本人在演出间隙，还特意用手机给我打了个电话，跟我聊了半小时，你对我说，“我那么认真接受你采访那么长时间，我发现我又错了。”你说，“我很伤心”。因为职业的缘故，我也接触过不少大牌艺人，但像你这样，抄起手机就给陌生记者亲自打电话质问具体报道的艺人，还是第一个。我突然觉得你真的挺有意思，我这话绝不是贬义。既然你这么性情，我也听得出，你真的很困惑。我今天就认认真真回答你的问题——那天在电话中，你没给我机会回答的问题。我想让你——也让所有艺人能搞清楚，艺人和媒体到底应该是怎样的关系。

我们慢慢说。

我在稿子的开头写了一句话，“汪峰的紫色劳斯莱斯就停在门口”。你团队的成员问我，“你考虑过艺人的感受吗？艺人是另外一个汽车品牌的代言人。你写了别的牌子，会对他产生经济上的影响。”对不起，老汪，我没考虑过你的感受。我做梦也没考虑过你的感受，你就是拿枪顶着我，我也不会在这方面考虑你的感受的。作为一个媒体记者，我根本没有义务站在你的立场上去踌躇，我描述你的言谈举止和穿着打扮时会不会与你的商业代言产生冲突。如果因为这句话给你带来了经济损失，很抱歉。如果你知道那真的会影响到你，你真正该做的就是出门时不开这款车，而不是要求媒体不去写。

第二，你的团队让我把有关于你的各种绯闻、情感史以及被公众调侃消费的部分全部删掉。很抱歉，我做不到。老汪，我觉得你是个很清醒的人，你应该明白，“汪峰”在当下已经不是一个单纯的歌手，而变成了一个符号，你不光为公众提供动听的音乐，某种程度上还是公众的泄压阀。不管你是否愿意，你都得承担这个角色。没有办法，这是艺人的命。你用你的名声兑现了利益，那你就得承担与利益同等，甚至比那还沉重的压力。就像你唱过的那首《硬币》，“你有没有抛过一枚硬币选择正反面。”艺人就是那枚硬币，正反面，你都得担着。所以，我作为报道者，我必须把你身上被赋予的所有符号意义阐释出来，不然，那将是我的失职，读者会骂我。我为读者服务，并不为你服务，请你明白。

第三，你在电话里问我，“大标题到底是否需要与艺人一起商量后决定？”你有这样的疑惑，我很惊讶。我现在明确告诉你，不需要。我们有权自己决定大标题。你听到这个，可能会震惊，因为估计你之前接触过的一些媒体，都是按照你的意思去制定大标题，甚至修改内容的。那么，现在我告诉你，之前的那些做法是错的。我需要对我文章里的内容负责，你对你受访时的言论负责。如果我的标题诽谤了你的声誉，你有权诉诸法律，如果没有，只是不符合你的想法，那么抱歉，只能如此。

第四，你本人和你团队的成员都问我，在采访之前为什么没有签订一份合同，要求文字和图片都必须得到你们的确认才可以发稿，话里有一种追悔莫及的意思。好，最严重的问题来了。我是不会和你们签订什么协议或者合同的。这不是我第一次遇到这种要求，两年前，一个由著名演员转型的女导演也提过，当然不是她本人，而是她外包的公关公司提出的。我拒绝了，最终也照常采访了。从那时候起，这种带有要挟性质的“合约”就开始在艺人和媒体之间悄悄蔓延。我知道，某些著名的媒体都曾与你签过合约，但是我们不会，大不了不就是不采访你嘛，又能怎样呢？而你到现在仍然坚定地认为与媒体签订一份协议是无比正确，甚至天经地义的事情，而且可以拿出来质询我。

老汪，还是那句话，你对你的言论负责，我对我的写作负责。我没有义务受制于你，必须经你认可后才能发稿。我理解，你们毕竟是艺人，形象构建是基本工作，如果我做了艺人，可能比你还事儿。但，理解你，不代表要服从你。老汪，不要企图控制媒体，你控制不住的。如果你真的用一份份协议把所有媒体都变成了你的“自媒体”，那么你接受采访的这个行为就失效了。我可不可以认为，从此以后，所有有关你的长篇报道都是你的企宣稿的变奏形式？那么，还会有人去读有关你的报道吗？那也不是你想看到的局面，对吗？再说，我们姑且不论那种协议与合同是否有法律效力，我们就只说你如果接受国外媒体采访，你也要和《时代》周刊签份协议吗？

第五，你说我在文章里把你写得很虚伪。老汪，实话讲，我个人从未觉得你虚伪，因为我根本不能算是真的认识你。我只能从你的音乐，对你的观察，案头工作，以及那半天的采访当中去判断你。人是最深不可测的动物，我从不觉得人物报道可以穷尽一个人的真相，而且，最令人无助的是，人，有真相吗？所以，我呈现的一些句子，比如，“汪峰乐于在歌中唱着飞翔、翅膀和远方，但 2011 年之后，却总是陷落于前妻、劈腿和子女赡养之类的俗常陷阱”，这些都是公众对你普遍的看法，当我描述你时，你形象中的这个侧面就必须被提及，不能假装它不存在。

从我个人来讲，你的恋爱状况、婚姻经历、子女赡养以及上头条的调侃等等八卦，我根本不感兴趣。我也从未像有些人那样把你的感情经历看做污垢和放荡。我们每个人都经历过感情，我最反感用道德化的方式去粗暴地评判一个人的情感经历。情感是最微妙和无法言明的东西，几乎只存在于两个人之间，任何外界的窥探都是失真的。所以，我不可能在文章中对你有“虚伪”这样的道德指摘。但在你身上发生过的那些事实，我必须去叙述。我只叙述事情本身，有人认为是为你洗白，有人认为是给你抹黑，一万个人心里有一万个汪峰，我无法约束。

好了，老汪，我说的这些不知道是否能解开你的疑惑。长久以来，中国媒体与艺人的关系无比纠结，似乎从来未曾平等对话过。永远有一方巴结另一方。这很像这个社会的镜像，永远有一方可以颐指气使，另一方需要唯唯诺诺。我没有别的希望，我只是想在可能的情况下，大致平等地与你进行对话。采访对象对自己的言论负责，报道者对自己的文章负责。媒体有自己的角度、报道方式和编辑权，采访对象也同样不需要忍受媒体的暴力与诋毁。艺人和媒体，是受访对象和报道者的关系，不是甲方与乙方的关系，不要因为你是大牌艺人就把接受采访当作是一种施舍，也不要因为你还籍籍无名，就对媒体近乎谄媚。

老汪，你也知道，就如同当年你在中国做摇滚乐感到无比艰难一样，在中国做媒体更加艰难。我们不得不在很多事和人面前迂回忍让，但我们仍然努力保持起码的尊严，这很难，但如果放弃，就会更加不堪。你团队的成员问我，到底是什么原因让我没经过你们的同意就发稿，难道之前有过私人恩怨？我们怎么会有私人恩怨呢？我只是做了一个媒体人的本职工作而已。我再说一遍，之前，那些无条件同意你修改稿件的媒体，他们的做法是错的。但你认为那样才是正常的。这很像你多年前，和国内的某些公司签约，你的生活很贫寒，圈内普遍认为那就是正常的，但你觉得那需要被改变。所以说，并不是现在圈子内的所有潜规则就都是需要服从的。

你在电话里对我说，“我比你大几岁，希望我对你说的这些话，在你今后的生活中哪怕有一点点帮助就好。”谢谢你，老汪，真的。那我也对你说，“我比你小几岁，我希望我今天说的话，能在你今后接受采访的时候，能对你搞清和媒体的关系有哪怕一点点帮助就好。”

老汪，在采访各种艺人的时候，都会或多或少碰到各种奇葩要求，我基本习以为常。你们总愿意穷尽各种关系，想要按照你们的意愿修改稿件，我理解，那是你们公关团队的工作，但保证我们的编辑权也是我的工作。出于尊重，以后采访艺人，如果需要，我可以给对方看看稿件，但这不是必须的程序，也绝不意味着我会按照艺人的意愿做出修改。我需要修改的部分是错误与硬伤，其他内容，我有权按照我的意志叙述。而且，请你记住，在发稿前，我不给你看稿件，那也是我的本分，没有任何错误。这是一个自媒体泛滥的时代，你大可以随便运营一个公号每天塑造自己想要塑造的形象，但如果你要接受公共媒体的采访，你就要想好结果。人们之所以还需要看看我们的报道，无非是因为觉得它还能相对客观与中立。如果我也依附于采访对象，我们还有什么存在的价值呢？这是媒体的底线和尊严。老汪，请你知悉。

老汪，说句实话，我觉得你偶像包袱太重，太看重外界对你的指摘或者赞颂。你是个当红艺人，艺人的命就是一日被八，终身被八。看淡一些吧，某种程度上说，那些八卦针对的都不是你这个活生生的人，针对的是一个名为“汪峰”的符号而已。别太在意那些东西，也别想着控制媒体。还有，别整肃你的团队，他们很辛苦，更何况，他们没有做错任何事。他们无法修改我的报道，不是他们的错误，他们不该为根本无法做到的事付出代价。

我写这些就是为了解答你和你团队的疑惑。我个人对你很尊重，大多数人看到的汪峰都只是打牌、逛街和绯闻，而我知道你创作和排练时职业化的态度。在饭桌上，总有人问我关于你的八卦，我每次都说，“我不知道。我只知道，老汪是个非常职业的歌手，从这一点上，他值得被尊重。”相比而言，那些在文章中赞颂你的人，在私下如何诋毁你，我是见过的。

或许，你会越来越红，或许也会陷入更多的纷乱。有一天，你可能会遇到一些事，真的需要和媒体认真聊一聊，到那时候你会发现，你所认识的很多媒体都和你签订过所谓的协议与合同，你就会担心，他们能被你左右，就同样可以被你的对手和外部力量所左右。那时候，我希望你能想起我，一个为了不删改稿子，和你还有你的团队争吵过一周的人。那时，你就会明白，谁值得相信。如果有那一天，我仍然愿意和你聊聊。

真心祝愿你的巡演顺利，祝愿你的生活快乐、自由。

两 个 汪 峰

30

还在读书的时候，就听过很多汪峰的歌。总以为自己听懂了，但现在想想，作为一个孩子，其实又能听懂什么呢？从没想到多年之后，我和汪峰会以这样的方式发生关联，或许因为那件事，从此老死不相往来。众所周知，我和汪峰发生了一次短暂但剧烈的对撕，以至于我不怎么上网的父母都知道了这件事。当它平息之后的很长一段时间，每次和人吃饭，素不相识的人和我寒暄后，仍会突然对我说，“我也不喜欢汪峰。”语气里颇有一点同仇敌忾而引发的亲密。每次，我都赶紧摆摆手说，“千万别这么说。我特别喜欢汪峰。”有时候，场面一度稍稍尴尬。但即便尴尬，我也得把这件事和他们说清楚。

我们的世界永远都需要几个偶像和阀门，前者用于膜拜，后者用于发泄。前者无论做了什么事，都是有光环的，即便在胡同里倒尿盆，每天打麻将，一次次离婚，对，比如王菲。后者无论做什么，都被指责为虚伪。成功之后的汪峰，幸或不幸地成为了后者。

从没有一个人被黑得如此彻底，任何一句话都被延展解读为另外的样子。做一次选秀节目的导师，还被开发出无数款傲娇的表情包，顺带帮淘宝热销了奇葩眼贴。对于有些人来说，这是巴不得的事，至少，证明自己红了。但对于汪峰来说，这是他跨不过去的心坎。

汪峰一直想把自己塑造为一个娱乐圈的人文地标，在赚取财富的同时，负责展现反思精神和表演凝重。在很多人心里，他们觉得汪峰在歌词中做到了这一点，但是私生活却出卖了他，以至于很多人一度觉得他虚伪。说真的，我倒是觉得他挺真实的。他的歌，唱的都是他的愿望和困惑，但他的肉身却成了自己的铅坠，我们每个人不都在这样的裂缝中残喘吗？只不过，我们作为普通人可以承认这些,汪峰作为一个有着偶像包袱和性格矫情的艺人，一直无法面对更加真实的自己而已。

总体而言，汪峰是个非常优秀的音乐人，职业，刻苦，拥有科班的技术和敏锐的市场嗅觉，至少曾经如此。他写出过很多脍炙人口的作品，也有很多确实能击中人心。

可能连他自己都不曾想到，当他真的得到了梦寐以求的成功之后，迅速成为了这个时代的宠儿，又迅速地变成了这个时代的弃儿。那些昨天还在拾柴的众人，第二天都在推墙。他不太明白这些，总觉得是媒体在黑他，就用自己的方式回应和反击，但发现总是适得其反。其实，他没做错什么，只是时代变了。曾经，人们把艺人都看作艺术家，现在，人们把艺术家都当作艺人。但老汪自己，还把自己一直摆着端坐的姿势，但他周围的人都已经顿悟，现在，自黑者得天下。

我和汪峰撕逼之后，和朋友聊天，我曾开玩笑说，我对老汪才是真爱。听得懂的都拼命点头，听不懂的都以为我是反讽。其实我说的都是真话。我非常理解老汪这种性格处于这个时代的别扭，其实我自己也差不多，总把一些无所谓的事情隆重化，举轻若重，严重缺乏自黑和解嘲的能力。这样的性格放在一个明星身上，就是标准的缺少娱乐精神。而尴尬的是，我们正处在一个综艺的时代，缺乏这些能力，有时在公众形象的建构上就是致命的。大多数人认为这个艺人端着，没人缘。

当汪峰陷入一次又一次的有关男女关系的是非之后，在聚会的场合总有人这样说，“你们有人喜欢汪峰吗？反正我不喜欢。”语气里有挑衅也有鄙夷。说出这些话的人，女性居多。我能理解，她们看着汪峰每一天都比以前更加成功，但是一次次换女友、离婚又结婚，和不同的姑娘有了一个又一个子女，她们总是轻易地将他套进类似当代陈世美一类的语境里，更何况，他在做出这些的同时，还一次次歌唱着精神上的彷徨和形而上的索求。

在很多人心里，这几乎就是虚伪的画像。他本人对此十分在意，生气地打电话质问我，为什么把他写得那么虚伪。其实，我从未这样觉得过。反而，我一直觉得，这恰巧说明他的真实，他是一个处于灰色之中，每天都很困惑的、复杂的人。像我们每个人一样，总是在艳阳高照的正午念及梦想和野心，总是在孤独的夜晚又想起温热的肉身。这没什么问题，只不过，他作为一个明星，聚集了是非，又不太懂得规避。

汪峰最主流的听众群是比我更年长一些的那一代人，但是我这一代，也是他重要的粉丝基础。多年前，我在卡带里懵懵懂懂地听到了他用浓重的鼻音撕心裂肺地唱着“晚安北京，晚安，所有失眠的人们。”那些乱糟糟的背景声和敲砸的钢琴琴键都莫名地击中了我。当时，我们还在读书，像所有青春期的孩子一样，自以为通晓世事，实际上与世隔绝。或许是汪峰那份乱撞但终究找不到方向的绝望感，突然撞上了一个青春期孩子莫名的悲伤。

当时，人们都很单纯，不像现在，任何人都像个市侩的娱乐圈分析师,从各种蛛丝马迹中看出一个个包装和炒作的嫌疑线索。在那个时代，我们都觉得，能唱出这样的歌，这个歌手一定有着孤独而深刻的灵魂。当时的歌星们是没有肉身的。彼时，互联网还没有大肆兴起，CD 都尚未普及。我们相信，他唱什么，他自己就是什么。所以，我们都觉得摇滚歌手就是一群深刻的人，比那些唱着情情爱爱的歌手们高级太多。多年之后我们才明白，一切并不是那个样子，作为一个艺人，表现出的角色和现实中的自己，有时候并不重叠。

我们的青春期赶上了中国摇滚乐一个虚火的当口，那些被包装出来的叛逆却成为了我们青春期真实逆反的救赎。那时候，我们觉得所有摇滚歌手都是斗士，从未想过他们是娱乐工业中的一员。某种意义上来说，他们中很多人的长发和皮衣，与青春少女组合脸上的稚嫩和笑容，本质上并没有区别，那是看准一个市场，然后精准投放的产品。

汪峰在一众摇滚歌手中，一直有点不同。与那些野路子出身的摇滚歌手们相比，这个从小接受勤苦训练的科班小提琴手，不但有着成功的野心，更有着无与伦比的精湛技术。他从小就开始学习小提琴，毕业后进入了中央芭蕾舞团，年纪轻轻被领导看重。但一个沉迷于罗大佑和鲍勃·迪伦的年轻人，是不甘于在一个事业单位里给《红色娘子军》伴奏的。他看着比他大十岁的乐手们排练之余就是打打麻将、去食堂打饭，吃完回家。他感到恐惧和厌恶，于是写了首歌叫《李建国》。“他有一份稳定的好工作，他有一个美满的好生活，他爱穿时髦的便宜货，喜欢看七点钟的新闻联播……”他在歌中写道。如果不辞职，如今的汪峰也就是个“李建国”，一个挺着啤酒肚，戴着高度远视镜的中年男人，章子怡看都不会看他一眼。所以，有很多歌，他也在抒发自己的郁闷心绪，他唱着，“我们握紧拳头，去争取一点点的自由。”其实，汪峰就是那个时代的创业者，从职业角度上说，他去搞摇滚乐，无非是一种下海行为，从国有院团辞职，想在自由市场中谋求一条生路。他就是 1990 年代的互联网 +。

多年之后，我在摄影棚里见到他。那是北京三里屯附近的一家著名摄影工作室，无数明星在其中出出进进，室内有着微缩的假山和各种古董。汪峰换了一套又一套衣服，与摄影师开着玩笑。这个已进中年的男人热爱一种紧身的 T 恤，拍照的当口，我随口对他的助手说了一句，“你们得督促老汪去健身房了，他都有肚子了。”突然间，好几个人冲我拼命摆手，其中一个助理冲我小声说，“别说，别说。”语气里的紧张近乎恐惧。

后来我问他是不是一个强势的老板。他说，自己愿意听别人的意见，但是有些事情是改变不了他的想法的。几天后，我在他的排练室又一次见到他。他端坐在一群乐手的对面唱歌，目不斜视地向两侧伸手，助手们会意地为他递上水杯、拨片和乐器，像助理护士恭敬地为主刀医生递送手术刀，眼神里同样有压抑的慌乱和惊恐。排练的间隙，他和一个与演唱会有商业合作的人拍拍握握，说“怎么样？我这首《觉醒》？”我突然发现了一种中年成功者身上普遍的自得意满。

几天后，他在一通抱怨的电话里对我说，“我最不喜欢周围的人吹捧我。”我相信这是真的，但问题是，当我们变成成功的核心，任何资源都向我们聚集的时候，我们有时控制不了自己的意志，即便我们愿意保持清醒，但也经不住各种匪夷所思的变相恭维。

多年前，没有资源向他汇集，恭维都来自乐迷，而且都出自真心。执拗的性格在他一路奔向成功，并且中途不断试错的路上，一度帮助过他。1990 年代，几首歌的走红并未让汪峰过上摇滚明星的生活。这是中国摇滚乐手的集体性悲剧：与资本方的信息不对称、对市场化的莫名排斥、对摇滚乐的片面性理解，多重因素的化学反应成为了他们日益潦倒的原因。但汪峰从最初就认定摇滚乐可以让自己过上有尊严的生活，并愿意为此付出努力甚至妥协。

世纪之交，汪峰给出了一首《再见，二十世纪》。他在这首充满寒冷和绝望感的歌中唱道，“我从五岁歌唱到现在已经苍老，甚至还是两手空空像粒尘土。”这是汪峰的自画像。严格的学院训练之后，他放弃了体制内稳定的乐团工作，多年过去，一切仍在原地打转。1990 年代已经过去，适应商业时代的人们早已迎来了成功，那些死磕的摇滚青年也已认命，但汪峰既没有得到前者的金钱，作为一个音乐科班出身的北京人，他也绝不可能认同后者的生存逻辑。

汪峰很清楚自己想要的未来，于是，他在迷茫中用这首《再见，二十世纪》向旧时代作别。那句“再见，二十世纪”和曾经经典的《晚安北京》旋律如此相似。这告别多么意味深长，恋恋不舍。他经历过籍籍无名，也有过一段被很多人认识但就是赚不到钱的尴尬困境，但是他一直未曾放弃过对于成为摇滚明星的追求。不知道是不是那段日子他吸收了太多困窘和恶意，导致了他日后的一些性格特征。在他成功之后，这个音乐科班出身的北京土著经常表现出一种莫名其妙的凤凰男气质。

后来，他终于凭借一首《飞得更高》与这个虚妄的时代巧妙地对接成功了。更多的人认识汪峰，是从那首歌开始的。人们都以为他是一位励志歌手，他一次次在各种商演中演唱那首歌曲，但实际上，他远不止什么励志歌手。认知的错位差不多从此开始了。汪峰一直在强调自己的人文基因，公众却愈发希望他别摆出那么多端庄的姿势。更何况，后来他与章子怡的恋情彻底把他推向了八卦圈。他享受了八卦带来的利好，但一直不想承担那份附加的成本。

汪峰从《飞得更高》直到《春天里》的这个阶段中，成功地与时代相切。那是他的美妙时光，他几乎完成了年轻时的所有梦想，无论是被人赏识的音乐还是巨大的财富积累，他不再需要用其他方式去证明自己是对的。但是那段日子很快就过去了，他一直小心翼翼隐藏的私生活越来越多地被暴露出来。说真的，这一切都显得有点残忍，但是没办法，一如八圈深似海。娱乐圈就是一个玩得起和玩不起的游戏，无论你把自己看作中国的鲍勃·迪伦还是约翰·列侬，问题是你只要处于娱乐工业当中，你就有逃不开的命。人们为你的歌声流泪，就同样会对你的私生活撇嘴，这是人的本性。更何况，互联网如此穷凶极恶地奔涌而至，改变了众多生态，尤其是娱乐圈。人们不再需要那种隐藏自己的、高高在上或者保持遥远距离的偶像，他们更需要可以与自己随时互动的、看似亲近的人。

2005 年，选秀大张旗鼓地满足了年轻人的这个心愿，之后，小鲜肉横行，他们与粉丝的关系从未如此亲昵——至少表面上看起来如此。汪峰成为了熟年偶像中为数不多的残留者。他一直封闭着自己的部分内心,一直想在这个互联网的娱乐互动时代里，保持一种经典艺术家的形象。有些放荡不羁，有些才华横溢，对物质不吝赞美，也抒发不屑，企图保持着与俗世的安全距离。但问题在于，汪峰缺乏一些这样的保持微妙平衡的能力。

这是一个真人秀当道的时代，人们想看到各种男神女神纷纷下凡互相撕名牌，而不是一个中年男人绷着脸在风中抒发感悟。这很残酷，但没办法。所以，这世上一直有两个汪峰，一个在汪峰自己心里，努力营造的形象里；另一个在观众的调侃里。这两个汪峰一直无法重叠。

后来，汪峰其实距离生活的现实越来越远，被八卦和绯闻隔绝，被与章子怡缠绕在一起的各种消息隔绝，被他那辆紫色劳斯莱斯隔绝。他对我说，他仍然能感受到粗粝的生活，比如通过新闻，通过网络。但我知道，他再也无法对那一切感同身受。某种程度上说，所有艺术创作都来源于自我焦虑的投射，当焦虑减缓，甚至趋于无的时候，投射出去的就不再能让更多的人感到有力量了。虽然他的创作一直未曾间断，一直刻意在歌颂爱情和表达迷茫的同时，掺入一些对于社会和人心变化的批判，但是和多年前的力道相比，早已不可同日而语。

如果今后汪峰没有机会再去经历一次粗粝的现实，他可能会一直固定在现在的框架下，无论是性格还是作品，然后一点点逐渐淡出公众视野。不知道还有没有机会能和他面对面聊一聊天，也不知道还能不能再看到一次汪峰的起落。

无 限 接 近

透 明 的 灰

31

可能，当贾樟柯远离了《小武》《站台》那几部早期的、灰蒙蒙的粗粝作品之后，影迷们对于他的评判就注定分裂了。这与人们的见识和成长速度有关，也与贾樟柯自己的奔跑节奏有关。总体而言，很多观众停在了原地，而贾科长自己提拔了自己。

大多数人最初爱上贾樟柯，是因为他身上与生俱来的、呛人的尘土气息。很多人觉得，贾樟柯必须一直这样灰头土脸下去，像一颗绝望的钉子，有必要终生扮演那种边缘而决绝者的代言人形象，哪怕付出锈蚀自己的代价。但是，贾樟柯怎么可能困住自己呢？如果他的野心真的如此狭窄，那么他最初的作品中也不会渗透出那样击中人心的力量。所以，贾樟柯的变化是注定的。他从叙述自身经验转变成一个可以对更庞大的世界进行虚构写作的作者，这种转身是成为真正导演的必要一步。很多被寄予厚望的艺术片导演都困在了那道门槛之前，而贾樟柯则顺畅地越过了那微妙的鸿沟，而且并不是以损伤自己的特性为代价的。

和《天注定》相比，《山河故人》口碑的共识度可能会高一点，但也不太可能完全被调和。喜欢它的人会认为贾樟柯已经奠定了不可动摇的国际化地位；而不喜欢它的人，这部空间线横跨大洋，时间线又直指未来的电影，简直就是装X过度的一桩铁证。

其实，即便贾樟柯在《山河故人》中拍摄了海边别墅和私人飞机，以及具有科幻色彩的平板电脑，但这部戏仍然特别“贾樟柯”，因为你顺着那根线索找到的那只锚，仍然深深地扎在山西的县城里。

一度，贾樟柯想远离县城，他曾经反问，“难道我就只会拍县城吗？”其实，他并不太在乎拍摄的是县城还是都市，因为从整体意义上讲，中国本身就是一个巨大的县城——肆无忌惮，野蛮生长，不伦不类，活力非凡。

而贾樟柯对于这一切的呈现，不喜不悲，灵活而具有调试性。这个矮小的男人有一种独特的能力，可以放松地行走在欧洲的红地毯上，也可以瞬间回到县城的小面馆里，在他身上，你几乎看不到文化的时差。有太多的导演只能顾及一种文化语境，而贾樟柯可以用标准的中国视角去拍摄中国，但与此同时却具备奇妙的世界味道。这来源于贾樟柯对于中国的态度，混杂着旁观和亲昵。他高度理解这个国家，却又天然与其保持着警觉与疏离。

这种呈现中国的方式在《山河故人》中异常明显，有时，甚至同时具备高度陌生化和高度的亲近感。比如，那段有关未来的设定。其实，甩向未来的那段故事，一点也不装×，那是自然而然生长出的时间线。与其说其中的细节有科幻元素，不如说更像是现实缝隙中挤压出的魔幻，像是幽灵般的一笔，如同《三峡好人》中那个突然窜上天的火箭。

《山河故人》与上一部《天注定》完全不同。《天注定》更像是贾樟柯的一口恶气，一声牢骚，一次摔摔打打。他几乎没有运用最擅长的耐心与缓释技术，把抱怨与发泄进行进一步的深化，也没有对注定的暴力和突如其来的死亡进行精神性的探讨。所以，从这个意义上讲，《天注定》是贾樟柯最易读懂的作品之一，它表浅，像个插曲，犹如一个有性格但一直好脾气的男人发泄了一通，发泄完了，重新收拾起来过日子。而《山河故人》从那种短促的、爆发的气息和节奏中彻底还魂，又一次有了绵长的喘息。它是一幕舒缓、隐忍却到处密布着残忍的故事。而这一次的残忍，不是来源于社会冲突和身体层面的暴力，而是来自于更无法言说的命运和时间的碾钵。

电影中三个人的命运呈现了这个时代最典型的三种分裂。最初，是时代的变革分裂了他们，他们自己选择命运，有意识间杂着无意识。有人觉得自己可以骑在时代身上，志在必得；有人觉得自己可以更加高渺地看待命运，好像处乱不惊，但最终一败涂地；有人在随波逐流中做出了效益最大化的抉择。而当时光流转之后，他们不但被命运分裂，三个人也开始了又一次的自我分裂。

最终，孩子成为了最悲剧化的象征，犹如漂浮于这个世界中的一颗无辜的原子，从山西的县城飘荡到上海，又飘荡到澳洲，在大洋的边缘囚禁与挣脱，在天空中展开一段绝望的忘年之恋。而那个与之亲昵的女人的身份也高度象征化，老师、母亲、情人、人种意义上的亲近者……两个被自己的世界放逐的人，在异乡中用肉身的焊接寻求精神上的切近，但最终注定更进一步疏远了彼此。他们想买票回到山西，但最终因为一次争吵而无法成行，这不但是现实中的困境，也是精神上的隐喻。人，怎么可能真的回得到过去呢？某种程度上说，最后那段有关未来的呈现，已经残酷地告诉我们，曾经亲昵的人们被时光搅散了，他们不光隔着物理意义上的大洋，其实还隔着精神上的次元。在空旷的屋子中包饺子的涛，在大洋岸边独自站立的儿子，二者怎还在同一个宇宙中呢？

人们总以为自己是被地域分隔的，其实，当中国的变化速度超越常态的时候，我们所处的环境已经犹如离心机，早把我们甩进了不同的虫洞里。而最悲哀的是，我们总觉得彼此尚有重逢的可能，但永久分别的种子从一开始就埋下了。当缠着丝巾的儿子从飞机上被空姐送下来的时候；当他在姥爷的棺椁前迟疑着无法下跪的时候；当他叫着妈咪的时候，就已经注定，妈妈和儿子永远失去了彼此。最终，这个黄皮肤的孩子忘记了母语，被种植在了澳洲，只留下一个叫做“美元”的名字，这个名字残留着中国转型期粗暴得毫不掩饰的野心，像一个伤疤，让孩子在无论哪个文化中都不得安放。

从这个意义上讲，这部作品有着浓厚的悲伤基调，就像贾樟柯的大多数作品一样。他并非故意呈现一种戏剧化的悲伤，只是他所呈现的这个国度，本身就有着挥之不去的悲剧涂层。

大多数中国观众无法接受那种高度还原生活本貌的电影，这源自人们对于现实生活的回避。有太多忌惮和不满，于是他们想扭头不看，充耳不闻。他们无法接受银幕像镜子一样反射残酷的现实影像，而贾樟柯的作品有一种无声的逼迫感，逼迫着人们去通过巨大的银幕，望向自己无处可逃的生活。这也是为什么贾樟柯的作品在当下的中国，永远无法取得票房回报的原因。对于说出真相的人，有些人称颂其为英雄，而有些人则斥责他揭掉了自己虚妄的保护色。

对于更多的从早期就爱上贾樟柯的影迷来说，他的吸引力在于某种程度上的抵抗，抵抗靓丽，抵抗修饰，抵抗昂扬。但是，贾樟柯其实一直没有把自己当作一个操持着摄影机的抵抗者，他是一个标准意义上的艺术家，只不过和在客观上所喜爱的图像与这个大国崛起背景下，官方与主流话语乐于述说的腔调不太一样而已。他不是那种故意拍摄黑色事件以刺破中国的导演；更不是那种用鲜红色幕布遮挡中国的导演；也同样不是用粉红的艳丽涂抹中国以让人遗忘现实的导演。他无限接近透明的灰。他一直在中国遍布着痰迹、尘土、机遇和小广告的地面上贴地飞行。

图书在版编目（CIP）数据

并没有如愿以偿的人生 / 杨时旸著 . — 上海：上海交通大学出版社，2016

ISBN 978-7-313-14596-3

Ⅰ . ①并… Ⅱ . ①杨… Ⅲ . ①随笔—作品集—中国—当代 Ⅳ . ① I267.1

中国版本图书馆 CIP 数据核字（2016）第 042130 号

并没有如愿以偿的人生

著　　者：杨时旸

出版发行：上海交通大学出版社　　地　　址：上海市番禺路 951 号

邮政编码：200030　　电　　话：021-64071208

出 版 人：韩建民

印　　制：上海天地海设计印刷有限公司　　经　　销：全国新华书店

开　　本：880mm × 1230mm 1/32　　印　　张：8.5

字　　数：200 千字

版　　次：2016 年 4 月第 1 版　　印　　次：2016 年 5 月第 2 次印刷

书　　号：ISBN 978-7-313-14596-3

定　　价：39.00 元